# Eu sou um GÊNIO de MALDADE INENARRÁVEL e quero ser seu PRESIDENTE DE TURMA

JOSH LIEB

Tradução de
Maria P. de Lima



galera
RECORD

Rio de Janeiro | 2011

CIP-BRASIL. CATALOGAÇÃO-NA-FONTE
SINDICATO NACIONAL DOS EDITORES DE LIVROS, RJ

L681e

Lieb, Josh

Eu sou um gênio de maldade inenarrável e quero ser seu presidente de turma / Josh Lieb; [tradução de Maria P. de Lima]. – Rio de Janeiro: Galera Record, 2011.

Tradução de: I am a genius of unspeakable evil and I want to be your class president

ISBN 978-85-01-08509-2

1. Literatura infantojuvenil americana. I. Lima, Maria P. de. II. Título.

11-0556

CDD: 028.5
CDU: 087.5

Título original em inglês:
*I am a genius of unspeakable evil and I want to be your class president*



Adaptação e composição de miolo e capa: Renata Vidal da Cunha

Direitos exclusivos de publicação em língua portuguesa
somente para o Brasil adquiridos pela
EDITORA RECORD LTDA.
Rua Argentina 171 - Rio de Janeiro, RJ - 20921-380 - Tel.: 2585-2000,
que se reserva a propriedade literária desta tradução.

Impresso no Brasil

ISBN 978-85-01-08509-2

Para B., o gênio mais legal que conheço.

# Capítulo 1:
## TENHA MEDO DE MIM

Um dia você irá implorar pelo privilégio de lamber meus pés. Vai se agachar sobre seus estúpidos e inúteis joelhos e pedir: "Senhor, por favor! Por favor! Deixe-me lamber o cocô que os cachorros doentes deixaram no meio dos seus dedos." (Estarei de pé e descalço sobre o tal cocô de cachorros doentes — só para deixar tudo mais nojento pra você.) E se eu estiver de bom humor e ainda não estiver farto de suas lágrimas de verme ou de sua estúpida e amassada cara, vou lhe conceder a extraordinária honra de limpar meus pés com a língua. Ainda que você não mereça.

Mas isso faz parte do futuro. No momento, estou no sétimo ano.

Na verdade, neste exato momento, estou na aula de inglês do Sr. Moorhead enquanto ele tagarela sobre *Fahrenheit 451*. Moorhead se considera um professor "descolado" (*Veja Imagem 1*). Isso significa que ele ainda usa as mesmas roupas que usava na época da faculdade. Para infelicidade de Moorhead, sua vida universitária ficou dez anos e 20 kg atrás. Suas pernas se parecem com dois balões de

**IMAGEM 1: Moorhead se considera um professor "descolado".**

gás azuis cheios d'água quando ele usa seu jeans apertado. Ele não consegue mais fechar todos os botões da braguilha (*Muito descolado, Sr. M!*) e usa camisas de flanela xadrez que ficam meio abertas sobre sua barriga rosa-salmão. Ele está ficando careca, mas acha que se deixar o cabelo bagunçado o bastante ninguém vai notar. Ele também anda com um maço de cigarros guardado no bolso da camisa. Isso quer dizer: "Sou professor, mas não sou santo." Na verdade, isso só faz com que seus peitos caídos pareçam maiores. Também quer dizer: "Eu cheiro mal."[1]

Moorhead é um daqueles seres humanos desprezíveis que decidem dar aulas para que sejam idolatrados pelas únicas pessoas ainda mais desprezíveis que eles — alunos. O maior exemplo é Pammy Quattlebaum, uma espertinha puxa-saco que senta na primeira fila e fica balançando a cabeça afirmativamente sem parar para mostrar a Moorhead que ela não só fez o dever de casa como entende *exatamente* o que ele está dizendo.

Enquanto isso, estou no fundo da sala, desenhando coelhinhos nas folhas do meu fichário.

Moorhead é descolado demais para dar aula de pé ou sentado. Para ser diferente, ele se reclina de maneira sexy sobre a mesa, o cotovelo apoiado no dicionário enquanto despeja seu conhecimento sobre nós. "O livro descreve um mundo de cabeça para baixo." (Pammy concorda.)

1. O que é verdade.

"Um mundo no qual bombeiros não apagam incêndios — eles os iniciam." (Pammy concorda novamente, com mais ênfase dessa vez.) "Um mundo no qual a arma mais perigosa que você pode ter"... então ele mostra seu exemplar de *Fahrenheit 451*... "é um livro." (Pammy concorda com tanta empolgação que posso ouvir seu cérebro minúsculo chacoalhando, como milho de pipoca estourando.)

Simulando um pensamento profundo, Moorhead passa os dedos na penugem de pentelhos que decora sua careca.

— O que vocês acham? Livros são perigosos? Teriam eles... *poder*?

Pammy se agita na cadeira, o braço estendido para o céu. Aparentemente ela vai mijar nas calças se não deixarem que responda a essa pergunta.

Mas os olhos de Moorhead se deslocam na minha direção.

— O que você acha, Oliver?

Pammy olha para mim com cara de nojo. Alguns dos outros alunos da turma dão risadas e não se preocupam em escondê-las. Randy Sparks, o Garoto Mais Ridículo da Escola, para de lamber pasta de amendoim seca dos óculos por um instante e lança um sorriso solidário na minha direção.

Moorhead dá um riso forçado, como se tivesse contado uma ótima piada. Eu tenho quase certeza de que só fui inscrito nesta aula — que está comprovadamente muito além da minha capacidade de leitura — para que ele pudesse se divertir com alguém (além de Randy, é claro).

Fiz com que ele dissesse meu nome mais uma vez antes de responder:

— Eu não sei.

Desapontado, o rosto de Moorhead se enruga, mas seus olhos brilham de satisfação.

— Oliver, você não fez o dever de casa?

Balanço a cabeça com tristeza. Moorhead suspira. Parece que ele está com vontade de chorar. Ou de cair na gargalhada. É como se seu cérebro não conseguisse decidir.

Na verdade, li o livro quando tinha 2 anos. E mesmo *então* eu sabia que aquilo era comida de passarinho vomitada, só servia para idiotas e alunos do sétimo ano. Caso você seja tão sortudo a ponto de se livrar dessa, *Fahrenheit 451* é um daqueles livros que contam o quanto os livros são *incríveis* e como as pessoas que *escrevem* livros são *maravilhosas.* Escritores adoram escrever livros assim, e, por algum motivo, deixamos que eles escapem dessa impunes. É como se alguém produzisse um programa de TV chamado *Programas de TV são fantásticos e as pessoas que os fazem são geniais.*[2]

2. Nome provável do próximo projeto de Aaron Sorkin. Ha.

Em *Fahrenheit 451*, livros são ilegais (porque eles têm tanto poder) e o trabalho de um bombeiro é queimar, em imensas fogueiras, todos os livros que encontra. Isso deveria deixar você pirado.[3]

Moorhead anda até minha mesa solitária e pousa sua solidária mão no meu ombro.

— É uma pena que você não tenha lido esse, amigão. Porque é um dos melhores livros escritos no século passado.

Seus dedos peludos repousam em meu ombro como lagartas. Decido não mordê-los. Um dos melhores livros do século? *Fahrenheit 451* não estaria nem entre as melhores gaiolas de passarinho do último século.

E além do mais — mesmo se fosse "*um dos* melhores livros"... Isso lá é coisa para ficar se gabando? Não parece meio sem graça e datado quando comparado ao livro que realmente é o melhor?

Não vale a pena ser bom em alguma coisa se você não for simplesmente o melhor. Se não, em algum momento, vai acabar esbarrando em alguém que pode derrotá-lo. É por isso que eu não tento jogar futebol, cantar no coral da escola ou dançar, ainda que eu tenha algum tipo de talento para cada uma dessas coisas. Em vez disso, me concentro no que sou bom: ser um gênio.

---

3. Planejo um dia fazer a festa *Fahrenheit 451*. Para entrar você precisa levar um exemplar de *Fahrenheit 451*. Então montamos uma imensa fogueira e... bem, tire suas próprias conclusões.

Sou o maior gênio do universo. Sou o maior gênio na história do universo. Para completar, sou constantemente, incondicionalmente, inenarravelmente mau. Isso faz de mim *a maior força maligna já criada.*

E o coitado do Sr. Moorhead acha que sou o garoto mais idiota de sua turma de inglês.

O sinal toca. Moorhead me lança um último olhar de piedade, depois se vira para o quadro.

— Leiam o capítulo seguinte para amanhã, pessoal. E lembrem-se: as indicações para o Conselho Estudantil devem ser feitas durante a próxima aula. — Ele sorri para Jack Chapman, que abaixa a bela cabeça de forma modesta e, tímido, alisa o cabelo macio e ondulado com a mão. Jack vai se afastando, mas tem o apoio da multidão; vários tapinhas nas costas e incentivos: *Você tem o meu voto, Jack.* Fico remexendo meus livros para ver o que acontece em seguida.

É hora do almoço. Como sempre, Moorhead alcança seu maço no bolso da camisa e tira um cigarro. Ele faz isso assim que termina a aula, ainda que ele não possa fumar na sala. Pela lei, ele precisa estar a no mínimo dez metros das instalações da escola antes de fumar seu palitinho mortal. Mas ele sempre pega um logo que a aula termina.

Ele olha para o cigarro com desejo... Depois com surpresa. Ele segura o cigarro bem perto de seus olhos cansados de meia-idade. Tem uma mensagem escrita de forma clara no pequeno cilindro: SUA DIETA NÃO ESTÁ DANDO CERTO.

Moorhead encara o cigarro por um momento, em seguida desvia o olhar; ele parece desconfiado e furioso. Mas eu e Pammy somos as únicas pessoas que ele vê. Ela também tem um olhar perdido, mas por outros motivos.[4]

Pammy lança um sorriso afetado para Moorhead, mas ele a ignora.

Eu, um quase retardado, cantarolo uma música para mim mesmo enquanto procuro pelo meu lápis embaixo da mesa. As únicas palavras da canção são: "Três, por favor. Posso ver trêêês belas fotos..." Antes de se apressar para deixar a sala, Moorhead lança um olhar de desdém na minha direção.

Mas a expressão de terror no rosto dele naquele único e inesperado momento de surpresa é realmente algo bonito demais de se ver.

Três fotografias coloridas deste momento já estarão à minha espera quando eu chegar no meu armário.

---

4. Ela quer que ele leia um poema que ela escreveu sobre emissões de carbono. Um lixo. Um verso para exemplificar: Créditos de carbono são a resposta / Para o câncer que ameaça o planeta.

# Capítulo 2
## CRIANÇAS SÃO VERMES

Deixem-me explicar algo sobre crianças.

Para começar, chamem-nas de "crianças", não "pequenos". Sou uma criança e não tenho vergonha disso; o tempo irá curar essa condição infeliz. "Pequeno" é a palavra fofa que os adultos usam para chamar as crianças. Eu me recuso a ser chamado por esse nome idiota de bichinho de estimação. Sua avó pode até chamá-lo de "Docinho de Coco", mas este não é o nome que você usa para se apresentar aos outros.[5]

Também me recuso a usar termos como "adolescente" ou "aborrecente" etc. Considero-os arrogantes e fétidos. São palavras falsas, usadas para disfarçar a realidade — qualquer um com menos de 18 anos é legalmente uma criança, e é só isso que importa.

Enquanto alguém é criança, não pode ser dono de uma propriedade, administrar um negócio, ter um emprego

5. A não ser que você tenha sérios problemas psicológicos. Ou realmente se chame "Docinho de Coco" — se for este o caso, eu entendo totalmente.

de verdade ou fazer qualquer coisa que de fato tenha importância. E aqui está uma boa justificativa para tal: crianças são barulhentas, preguiçosas, estúpidas e feias (*Veja Imagem 2*).

Quando não estão rindo (alto demais e sem razão alguma), estão gritando (alto demais e sem razão alguma). E quando não estão fazendo nenhuma dessas coisas, estão choramingando (alto demais e sem razão alguma). Eu poderia dizer que são como macaquinhos, mas macacos são fofos.

Lembro-me de uma tarde de inverno, há alguns anos. O cenário: uma sala de estar sombria, iluminada apenas por uma luminária e uma televisão. Eu estava sentado no chão, jogando buraco com a minha mãe (e, é claro, deixando ela ganhar). Lollipop, minha cachorra, estava enrolada às minhas costas, funcionando como um encosto aconchegante. *O terceiro homem*, meu filme favorito, estava passando na TV. A cena da roda-gigante começara e Orson Welles recitava o belo discurso no qual compara todas as pessoas inúteis que via no chão a "pontinhos" — e imagina se alguém realmente se incomodaria caso um desses pontos parasse de se mexer.

Tudo estava perfeito... a não ser, é claro, pelo meu pai. "Papai"[6] estava sentado em sua poltrona, folheando uma revista com impaciência, cruzando e descruzando as pernas, respirando com pesar. É assim que os homens fracos

---

6. Ele odeia ser chamado assim.

**IMAGEM 2: Crianças são barulhentas, preguiçosas, estúpidas e feias.**

demonstram que estão infelizes. Ele queria assistir a um debate político, show de música folk ou programa de notícias — algo assim, bem estúpido —, mas eu soltei um grunhido quando ele tentou mudar o canal.

Minha mãe disse:

— Meu chuchuzinho gosta desse filme.

Papai fez uma cara bem feia.

— Seu chuchuzinho não *entende* esse filme. — Achei o tom de voz dele inapropriado.

Um pouco depois, meu pai olhou pela janela. Seu rosto se descontraiu. Um sorriso vacilante se formou em seus lábios.

— Aquilo é realmente lindo, cara.[7]

Quando minha mãe perguntou o que era tão lindo (*cara*), ele apontou para um grupo de crianças do bairro brincando na neve. Elas estavam entretidas com todo tipo de brincadeiras de inverno: enfiar neve nas calças uns dos outros, enfiar neve dentro da camisa uns dos outros e enfiar neve na boca uns dos outros.

Papai estava estarrecido diante do encanto daquela cena.

— Eles são tão incríveis nessa idade. Tão inocentes. Tão... puros. Tão puros quanto a neve com a qual estão brincando.

---

7. Papai é meio hippie.

Aparentemente, ele não havia notado os lugares nos quais a neve estava amarela.

Então ele se lembrou de que eu estava na sala. Virou-se e me lançou um olhar inquisidor.

— Oliver, você não quer sair para brincar com eles? Fazer alguns amigos novos?

Hmmm. Ficar ali dentro, com uma caneca de chocolate quente ao meu alcance... ou sair para o frio e a umidade e pegar alguma doença de um daqueles moleques de nariz escorrendo que guinchavam sem parar?

— Não, papai — falei. — Todos os amigos que quero ter estão bem aqui. — Então dei um abraço de urso em sua perna. E ele recuou.

Mas isso foi há dois anos. Crianças são um problema que continua a nos atormentar, ainda hoje.

Todos concordamos que crianças são feias. Suas cabeças são grandes demais, as pernas muito finas, os dedos rechonchudos demais e ávidos — um terror completo. Mas o que é mais impressionante em relação a elas é que a verdadeira feiura de cada uma está em seu *interior*. É claro que estou falando da intolerância das crianças. Eu nem mesmo deveria precisar mencionar isso, pois é uma consequência natural da estupidez infantil. Pessoas idiotas são intolerantes porque não sabem ser outra coisa. Fico impressionado quando pessoas boas proclamam, da segurança de suas poltronas, que crianças são naturalmente despidas de preconceito, que só aprendem a "odiar" depois de prestar atenção nos adultos intolerantes. Nada a ver. Tolerância é uma habilidade adquirida, como andar de bicicleta ou tocar piano. Aqueles que realmente vivem entre crianças, que as veem em seu habitat natural, sabem a verdade: se deixadas com suas próprias normas, as crianças irão se reunir para maltratar qualquer um que for ligeiramente diferente do modelo vigente.

Acontece que eu sou ligeiramente diferente do modelo vigente.

E isso explica por que, neste exato momento, hoje, dois minutos depois das duas da tarde, Jordie Moscowitz está impedindo que eu passe pelo corredor.

— Com licença, por favor — digo, tão baixinho quanto um rato.

Jordie ri.[8] Põe a mão sobre o meu peito.

— Eu sairia da sua frente, Baleia, mas acho que o corredor não é largo o bastante para que eu consiga passar junto com você!

---

8. É claro.

Ele diz isso bem alto e vira a cabeça para que um grupo de meninas que está próximo aos armários possa ouvi-lo. Sua juba de cachos escuros e oleosos sacode ao redor do rosto engordurado. Sua boca se abre em um rasgo deformado, revelando o aparelho fixo ainda com os restos de ovos mexidos do café da manhã. As meninas riem.[9]

Encorajado, Jordie abre a boca para mais uma piada... e então para. Sua expressão vacila. De uma hora para outra, ele parece cansado e intrigado. Em seguida, sua intriga se transforma em horror quando um pum obsceno sai como um *arroto* dos fundos de seu jeans para empestear todo o corredor com um fedor que lembra chulé de tênis velho.

As garotas gritam de tanto rir[10] e saem correndo e berrando pelo corredor. Como um idiota, Jordie as observa partir. Depois coça o pescoço e vai embora.

Jordie é novo na escola — foi transferido no início do semestre. Se não fosse por isso, ele nem tentaria implicar comigo. Os outros garotos (e algumas das meninas maiores) aprenderam há muito tempo que não devem bancar os valentões comigo ou acabarão numa pior. Mesmo que eles não *saibam,* eles sabem; eles sabem, sim. A experiência os ensinou. O pequeno cérebro de réptil dentro de suas cabeças manda a mensagem: deixe esse aí em paz. E eles obedecem.

---

9. É claro.

10. *É claro.*

Duas forças fazem com que isso seja possível:

1) **LAZOPRIL**: Uma substância que inventei quando ganhei meu primeiro laboratório de química.[11] Drena completamente a hostilidade de qualquer um exposto a ela e faz com que o indivíduo tenha vontade de fazer algo nada violento, como tirar uma soneca. Os efeitos colaterais incluem repentina e intensa flatulência (o nome que cientistas dão para o pum) e um atraso aproximado de três meses no início da puberdade. Eu costumava misturar os compostos sem luvas, o que provavelmente explica por que minhas partes íntimas têm tantos pelos quanto um ovo.

2) **PISTOLA, BARDOLFO E NYM**: Meus guarda-costas. Não é o nome real de cada um deles, é claro. São nomes fantasia que tirei de uma peça de Shakespeare da qual eu gostava.

A obrigação deles é acertar um minidardo de Lazopril no pescoço de qualquer um que tentar se meter comigo. Eles também realizam outras tarefas para mim, como deslizar o maço batizado de cigarros no bolso de Moorhead ou imprimir as fotografias das duas mil câmeras escondidas que tenho espalhadas pela escola[12] e depois guardá-las no meu armário. Envio as ordens por meio do transmissor

---

11. No primeiro ano.

12. Não, não tenho câmeras nos banheiros. Como você pode *pensar* em uma coisa dessas? Qual é o seu problema?

implantando na minha mandíbula inferior. Eu simplesmente *digo* o que quero que aconteça e *acontece*. É como mágica, mas muito mais caro.

Obviamente, existem mais de três guarda-costas. Tem um Pistola, um Bardolfo e um Nym que me protegem enquanto estou na escola; e um Pistola, um Bardolfo e um Nym que me protegem depois da escola. Um trio totalmente diferente fica a postos quando estou dormindo à noite.

Uma das minhas empresas cuida das contratações. Eu nem mesmo sei quem à minha volta é meu guarda-costas; é mais seguro assim. Se for atacado, não quero dar pistas ao meu agressor procurando por meus guarda-costas — o que eu, é claro, faria se soubesse quem são eles.

Entretanto, tenho minhas suspeitas. Provavelmente, um dos meus seguranças é o estudante chinês musculoso do intercâmbio que por acaso frequenta as mesmas aulas que eu. Ninguém sabe o seu nome, ele mal fala inglês e faz a barba duas vezes por dia. Também estou curioso em relação à nova bibliotecária que tem uma tatuagem dos Fuzileiros Navais no tornozelo.

Eles não sabem que trabalham para mim. Sabem apenas que alguém os paga — e muito bem — para proteger o garoto bonitão e meio gordinho da Escola Fundamental Gale Sayers e fazer o que ele pedir.

É por causa deles que posso andar sossegado pelos corredores e não ser atacado pelos descerebrados selvagens conhecidos como colegas de turma. Só por causa dos guarda-costas, ninguém nem sequer olha para mim quando abro meu armário, ainda que — a menos de um metro daqui — um grupo de garotos esteja puxando as cuecas de Barry Huss, o menino mais baixo da escola,[13] até a cabeça.

E é com essas criaturas que meu querido pai, meu velho Papai, quer que eu me relacione. Meu pai quer que eu seja popular. Que faça esportes coletivos com esses estúpidos. Que os convide para passar a noite na minha casa.

Eu preferia ter de dormir com a carcaça de um coelho cheio de pulgas.

13. No quinto ano, quando ele era o garoto mais alto da escola, Barry era tão cabeça-dura que implicava comigo todos os dias do mês. Aquele acabou sendo um mês muito, muito fedido para ele.

# Capítulo 3

## SOU INCONVENIENTE

Dizem que a inteligência do homem é herança de sua mãe. Isso é mentira. Minha mãe é uma massa disforme e estúpida de cabelo sem cor definida, uma grande barriga e peitos. Não me leve a mal. Eu gosto muito dela. (Se eu a amo? Sou capaz de amar? Essa pergunta nem mesmo eu posso responder.) Ela é muito útil para fazer queijo quente e me colocar na cama. Gosto de vê-la sorrindo, então tento estimular isso.

Será que isso denigre minha imagem perversa? Não. Até Vlad, o Empalador, tinha mãe. Meu carinho por "Mamãe" (ela gosta de ser chamada assim) funciona como um bom contraponto ao meu caráter corrompido.[14]

Estou no ônibus da escola indo para casa, e isso significa que Mamãe agora está na cozinha, preparando um queijo quente com picles para mim.

O sanduíche quentinho que me espera quando chego em casa é, talvez, o clímax do meu dia. É "Uma coisinha

14. Vá ao dicionário procurar o significado de "contraponto".

boa".[15] Infelizmente, é também muito engordativa, e esse é um dos motivos para eu, apesar de muito, muito bonito, estar ligeiramente acima do peso.

A viagem de ônibus até minha casa é um prelúdio reconfortante daquele nirvana repleto de queijo derretido. Uma trilha sonora suave que, lealmente, se repete todos os dias: os queridos alunos gritam e tagarelam sem parar, como babuínos; Tippy, o motorista com barba por fazer, rosna a cada trinta segundos: "Parem com isso." Acima de nós, um helicóptero ecoa um barulho repetitivo.

Estou sentado no meu banco. É o quinto, contando de trás para a frente, do lado esquerdo, e estou sozinho. Sempre sozinho. Essa é uma das vantagens de ser eu. As crianças que têm a minha idade ou são mais velhas me consideram um anormal estúpido. As crianças mais novas têm medo de mim. De um jeito ou de outro, ninguém quer sentar com um idiota.

É primavera, mas uma friagem ainda paira no ar, então ponho a mão embaixo do meu banco para ligar o aquecedor. O botão está disfarçado: é um montinho de chiclete seco. Se eu acionar o botão que fica ao lado deste, o banco iniciará uma suave massagem em minhas nádegas. Não o botão verde-meleca, o amarelo. O verde-meleca controla a unidade de purificação do ar. Mas não vou precisar disso hoje — estou quase chegando em casa.

---

15. Para citar o título de um conto insuportável. Por que as pessoas insistem em incluí-lo entre os melhores trabalhos de Carver? É um exemplo perfeito de tudo o que há de errado na ficção dele.

Ou acreditava que estava chegando em casa. O primeiro sinal de problema é quando o guincho humano de um de meus colegas sobe uma oitava. Os freios do ônibus dão um rangido infeliz e paramos. Alguém grita: "É Sheldrake!" e pronto. A massa enlouquecida se espreme em um dos lados do ônibus (desagradavelmente, o meu) para que todos possam ter um vislumbre do grande homem.

Lionel Sheldrake é o terceiro homem mais rico do mundo, mas ele ainda vive aqui, em Omaha. Na verdade temos dois bilionários em Omaha, o que é muita coisa para uma cidade tão pequena. Todos estão animados por pessoas ricas assim estarem morando aqui. É como se acreditassem que pudessem absorver um pouco daquela riqueza também.

Mas Sheldrake é ainda melhor que o outro bilionário. Por um único motivo: ele é mais rico. Ah, tem outro motivo: Sheldrake se *parece* com um bilionário (*Veja Imagem 3*): alto, olhar profundo, rosto anguloso, nariz de falcão. E ele viaja com estilo. O que fez meu ônibus parar foi seu desfile de automóveis: dois utilitários pretos gigantes, um na frente e o outro atrás do Rolls-Royce blindado de Sheldrake. É assim que ele viaja. Se Sheldrake estivesse indo ao mercado comprar um refrigerante (o que ele não faria, porque é muito rico e pode mandar alguém providenciar o que quer), ele iria até lá de Rolls-Royce, com carros entupidos com guarda-costas ao seu redor. O terceiro homem mais rico do mundo precisa estar seguro.

IMAGEM 3: **Sheldrake se *parece* com um bilionário: alto, olhar profundo, rosto anguloso e nariz de falcão. E ele viaja com estilo.**

Quando Sheldrake sai do Rolls-Royce, meus colegas emitem um suspiro de espanto, como milhares de puns bem fraquinhos. O grande homem dirige-se a passos largos ao seu destino — um pequeno banco de que é dono — sem olhar ao redor nem uma única vez. Seus guarda-costas o cercam e abrem o caminho. Quando ele sai da estrada o chefe dos guarda-costas acena na nossa direção — o tráfego pode seguir.

Quando nos afastamos do banco, Sheldrake se vira e dá uma olhadela preocupada para o ônibus.

— Caramba! Por que o banco está tão quente? — diz Stephen Turnipseed, que se apertou para sentar ao meu lado. Dou meu melhor sorriso *vamos ser amigos para sempre*. Ele se afasta. — Sua bunda irradia calor, cara. Ei! — grita, enquanto se encaminha para o corredor. — A bunda do Gorducho irradia calor!

Deixo meu lábio tremer como se eu fosse chorar e encaro a janela.[16]

"A casa é o pescador, do mar para casa...", e é mesmo a minha casa quando entro na cozinha pela garagem. Minha linda cachorrinha, Lollipop, late feliz, depois se agacha no chão de linóleo e baba um pouquinho para demonstrar

16. Fato interessante: na verdade eu *não consigo* chorar. Sou fisicamente incapaz. Pelo menos, nunca fiz isso antes. Uma hipótese: meu cérebro é muito poderoso para se deixar levar por simples emoções animais. Isso deixou "Mamãe" muito confusa quando eu era bebê, até que, em algumas semanas, eu comecei a fingir para deixá-la feliz.

subserviência. Mamãe senta na bancada, queixo apoiado nas mãos, encarando com tristeza um queijo quente que passou do ponto — o pão preto e totalmente queimado e o queijo duro e frio.

— Estragou — reclama ela. O desfile de carros de Sheldrake me fez chegar atrasado, fazendo Mamãe se distrair e interferindo em seu delicado *timing*. Tento animá-la lambendo os beiços a cada mordida, ainda que o gosto esteja mais para mousepads queimados recheados de cola velha.

Permito que ela me abrace e então faço a descrição de que ela tanto gosta do meu dia na escola. ("Foi tudo bem. Tirei um D em geometria. Alguém vomitou na biblioteca.") Ela absorve tudo,[17] o queixo ainda apoiado nas mãos, enquanto me assiste comer meu sanduíche e beber um suco de tomate. Lollipop fica de prontidão aos meus pés, esperando que eu deixe cair alguma coisa no chão.

Está na hora de algumas descrições. Mamãe, como eu já disse, é gorda, tem cabelo ruim e peitões. Ela usa suéteres largos e calças de veludo compradas em uma loja escondida numa esquina escura do shopping. O cabelo dela é comprido e grosso, salpicado de manchas feias de um acinzentado natural.

Lollipop é um tipo de criatura completamente diferente. Comprida, magra, desenvolta; ela é uma pit bull vira-lata

---

17. A história, não o vômito. De novo: qual é o seu problema?

muito, muito musculosa e muito rajada. Seus dentes são como adagas brancas, as pernas parecem estalactites manchadas e os cílios são mais belos e mais delicados que as asas de uma fada. (*Veja Imagem 4*).

No momento, gosto um pouco mais da minha mãe do que da minha cachorra. Ambas me tratam com a mesma devoção escrava e ambas costumam babar quando estão felizes. Mas Lollipop não é capaz de fazer queijo quente.[18]

Mamãe diz:

— ... então eu vi a Sra. Albers no supermercado Sem Frescuras. Ela estava comprando ovos e corante para fazer ovos de Páscoa. Disse que Ferdinand chamou alguns amigos para ir até a casa deles para embrulhar os ovos e pensou se você gostaria de ir também. Não seria ótimo?

Ferdinand Albers é cinco anos mais novo do que eu. Ele sofre de obesidade mórbida, tem orelhas vermelhas e cabelos amarelos que cheiram a salada de atum. Se eu fosse ajudá-lo a "embrulhar os ovos", provavelmente seria o único "amigo" presente. Ainda assim, talvez eu devesse ir; seria um bom disfarce. E Mamãe ficaria feliz.

Acho que o que mais me tranquiliza em relação a minha mãe é que ela me amaria mesmo se eu fosse tão burro quanto finjo ser. Ela realmente acredita que sou o garoto

18. Ainda. Estou trabalhando nisso.

**IMAGEM 4:** Lollipop é um tipo de criatura completamente diferente. Comprida, magra, desenvolta, ela é uma pit bull vira-lata muito, muito musculosa e muito rajada. Seus dentes são como adagas brancas, as pernas parecem estalactites manchadas e os cílios são mais belos e mais delicados que as asas de uma fada.

que aos 10 anos ainda não sabe amarrar os cadarços — e também acredita que o universo gira ao meu redor! Chame do que quiser: estupidez, hormônios, autoengano. Eu chamo de Mãe.

A devoção dela é completamente contrastante com o sentimento de alguns outros parentes que eu poderia mencionar aqui.

— Seu pai acabou de ligar. Ele vai chegar mais cedo em casa.

— Que bom para ele — digo, talvez com certa falta de entusiasmo e quem sabe, *quem sabe,* com um leve revirar de olhos.

Vacilei. Mamãe me olha de um jeito engraçado. Um traço de dúvida surge em seus lábios. Conserto tudo quando, de uma hora para outra, bato palminhas como uma foca e solto uma risada idiota para dizer:

— Oba, Papai! Oba! — Danço fazendo um pequeno círculo, trocando de um pé para o outro, com Lollipop babando nos meus calcanhares. Mamãe sorri, e não há mais resquício algum de dúvida. — Ollie ama Papai! — grito, como um bebê retardado, e depois saltito sim, *saltito*, como uma fada feliz em uma floresta verde e brilhante, deixando a cozinha e seu piso de linóleo descascado cor de xixi e seguindo em direção ao corredor de carpete marrom cor de cocô até chegar ao meu quarto com sua *adorável* decoração em marrom e amarelo. Lollipop vem saltando alegremente atrás de mim.

Assim que ouço a porta do meu quarto se fechar às minhas costas, o sorriso cretino deixa o meu rosto. Passo pelas prateleiras repletas de brinquedos quebrados e revistinhas do Archie rasgadas, pela cama em formato de carro de corrida e pelos pôsteres de gatinhos fofos, até chegar na foto de meu pai cumprimentando o candidato à presidência dos Estados Unidos Ralph Nader com um aperto de mão. Dou três puxões rápidos no prego que segura a moldura. Silenciosamente, o chão onde estou pisando se desloca para baixo. A fotografia e os pôsteres de gatinhos permanecem suspensos lá em cima, enquanto eu e Lollipop somos rapidamente levados para as fundações de minha casa — 3 metros... 6 metros... 9 metros. Até que, finalmente, o chão do meu quarto para no centro de uma enorme caverna de concreto, do tamanho de dez campos de futebol. Lionel Sheldrake está esperando por mim. E ele está de joelhos.

— Sinto muito — diz ele.

Acerto seu rosto aristocrático com a palma da minha mão.

— Você deixou minha mãe triste.

# Capítulo 4
## POR TRÁS DE TODA GRANDE FORTUNA EXISTE UM CRIME

Como um menino de 12 anos se transforma na terceira pessoa mais rica do planeta?

A maneira mais fácil é herdar um monte de dinheiro. Infelizmente, meus pais não são ricos nem estão mortos. Fui forçado a confiar na minha genialidade, o que, sem falsa modéstia, facilitou bastante para que eu ganhasse dinheiro. Em apenas alguns anos, passei de pequenos investimentos no mercado de ações a negociações gigantescas no mesmo mercado de ações até chegar a grandes façanhas corporativas. Hoje em dia, tenho terras nos cinquenta estados americanos e em grande parte dos países capitalistas do mundo. Tenho bancos de investimento, times de beisebol, minas de bórax e plantações de banana. Tenho um estúdio de cinema, duas redes de televisão e três jornais. A empresa de tabaco que faz os cigarros do Sr. Moorhead é minha; ele está, *literalmente,* me pagando para matá-lo. Não é maravilhoso?

Todos os meus negócios são escrupulosamente legais.[19] Não que eu me preocupe com questões morais quando o assunto é crime. Obedecer à lei faz minha vida ser mais fácil. Crime é para pobres; você não precisa roubar um banco se é o dono dele.

Dito isso, minha pouca idade é um problema. Na verdade, não tenho permissão para ter ou fazer nada. Alguém com 12 anos não pode assinar um contrato ou fechar um negócio com um ditador do Terceiro Mundo. Preciso esconder minha idade e identidade com corporações, parcerias limitadas e holdings. E preciso de um laranja — um babaca — para ser o suposto líder dessa empreitada financeira.

E é por isso que Lionel Sheldrake está trêmulo aos meus pés.

— Levante, Sheldrake — grito com vontade —, e venha comigo.

Sheldrake é peça fundamental no meu disfarce. Disfarce é decepção. Disfarce é fingir ser um idiota quando não sou. Disfarce são as assistentes dos mágicos, sempre lindas, só para distraírem você enquanto o mágico dá uma olhadela na sua carta. Disfarce é segurança.

Um dos meus empregados joga uma capa sobre meus ombros — aqui no submundo é frio. A capa é roxa para

19. Bem, sonego um pouquinho alguns impostos.

combinar com a cor das paredes. A cor da realeza. Eu e Sheldrake atravessamos a grande caverna. Acima de nós, em uma teia composta por andaimes de ferro, técnicos de jalecos brancos constroem e testam protótipos de minhas últimas invenções. Por todos os lados, funcionários menos qualificados vestidos com macacões vermelhos dirigem carrinhos entrando e saindo de túneis que levam a alguns dos meus estabelecimentos: arranha-ceús, oficinas, heliportos e pistas de decolagem.[20] Este é o sistema nervoso central do meu império. Comecei a construí-lo há dois anos e finalizei a obra no último verão, durante nossas férias de duas semanas no Havaí. Papai achou que ganhou a viagem numa rifa; na verdade, precisava ter meus pais fora de casa enquanto escavavam tudo lá embaixo.

Sheldrake está balbuciando alguma desculpa. Uma reunião na qual ele estava começou depois da hora. Por isso a parada de carros atrasou, meu ônibus chegou mais tarde e Mamãe queimou o queijo quente. Não estou a fim de ouvir as lamentações dele.

— Você deveria ter saído da reunião no horário combinado — murmurei, sombrio.

— Mas eu estava com o *presidente*. Ele viajou por metade do país para me encontrar. Não podia simplesmente sair — soltou.

---

20. Tenho até uma base submarina no rio Missouri. Para o caso de eu decidir explodir Iowa ou algo assim.

— Você é Lionel Sheldrake. Pode fazer o que quiser.

Às vezes Sheldrake não percebe como meu dinheiro fez dele alguém importante. Entre quatro paredes ele pode ser um empregado medroso. Mas, para o resto do mundo, é Deus.

Há cinco anos, roubei vinte dólares da bolsa da minha mãe. Este é o grande crime que deu origem a minha fortuna.

Usei o dinheiro para ir ao bingo da igreja com a minha avó. Nas incursões anteriores ao bingo com Vovó, eu tinha percebido que alguns números eram sorteados mais vezes do que outros. Acho que era devido ao formato das bolas de pingue-pongue que usavam. Sabendo disso, escolhi cartões que tinham mais chances de ganhar — e voltei pra casa quinhentos dólares mais rico.[21]

Transformei esse dinheiro em um cheque administrativo, que usei para abrir uma conta on line para negociar ações. O restante é história. Infelizmente, depois que ganhei meu primeiro milhão, algumas pessoas ficaram curiosas — a Receita Federal, para ser mais preciso. Eu sabia que precisava de um disfarce.

Então fui procurar um.

---

21. Paguei cem pratas a Vovó para que ela não contasse aos meus pais que ganhei. Eles teriam me obrigado a colocar o dinheiro na poupança.

Minha professora do segundo ano, Sra. Guerra, costumava dizer que eu era tão estúpido que conseguia me perder no caminho de volta do banheiro para a sala de aula.[22] Na verdade, o motivo pelo qual eu costumava vagar tantas vezes pela escola era por estar procurando um disfarce. E eu o encontrei, pasmem, em frente à mesma igreja onde ganhei dinheiro com o bingo. Uma reunião dos Alcoólicos Anônimos estava terminando, depois as almas perdidas se reuniram na calçada. Uma delas chamou minha atenção imediatamente.

O AA é uma excelente fonte para encontrar futuros seguranças. Muitas dessas criaturas têm uma história memorável e fizeram coisas importantes no passado — mas todas foram humilhadas pelo vício da birita. Uma vez que ficam limpas, muitas vezes estão desesperadas para se redimir perante a sociedade.

Quando vi Lionel Sheldrake pela primeira vez, ele estava sóbrio havia 93 dias e cheirava a costeleta de cordeiro (*Veja Imagem 5*). Fiquei imediatamente impressionado com sua estrutura óssea e aparência saudável — ele serviria bem. Suas roupas eram velhas, mas de boa qualidade; eram da Brooks Brothers, aparentemente. Então, saí da lata de lixo de onde estava espionando e perguntei ao bom homem se ele ajudaria um garotinho perdido a encontrar o caminho de volta para o colégio. O bom homem disse sim.

22. Tenho uma fita com ela dizendo isso. Também tenho uma fita na qual ela está chorando depois que a minha financiadora pegou de volta o Corvette dela.

IMAGEM 5: **Quando vi Lionel Sheldrake pela primeira vez, ele estava sóbrio havia 93 dias e cheirava a costeleta de cordeiro.**

Ao longo da nossa caminhada, fiz várias perguntas idiotas a ele, do tipo que crianças fazem, e rapidamente gravei seu nome; soava bem, aristocrático. Também gostei do sotaque dele — as vogais eram bem marcadas, como se ouve nos internatos de elite da Nova Inglaterra. Decidi que havia encontrado o meu homem. Quando se despediu de mim nos degraus do colégio, deslizei quinhentos dólares na mão dele.

— Arrume um terno novo e corte o cabelo — falei. — E me encontre do lado de fora da igreja amanhã ao meio-dia.

Ele piscou, depois encarou o dinheiro com os olhos arregalados de medo. Agia como se uma borboleta tivesse acabado de cagar uma esmeralda em sua mão. Estendi minha rechonchuda mãozinha e fiz com que os dedos dele se fechassem ao redor do dinheiro.

— Tem muito mais de onde veio esse — falei.[23] E então entrei na escola.

No dia seguinte, ele chegou com uma hora de atraso e, quando apareceu, estava bêbado. Eu não podia culpá-lo por aquilo. Não é comum que crianças de 7 anos deem gorjetas de quinhentos dólares. Mais tarde, ele me contou que eu o assustara tanto que ele jurou não voltar, mas a curiosidade e a cobiça o fizeram mudar de ideia. Eu estava

23. Foi mais parecido com "Tem muitcho maich de onde veio eche." Eu tinha um probleminha de dicção na época.

satisfeito. Uma breve pesquisa na internet me mostrou que Lionel Sheldrake, alcoólatra em recuperação e dono de um apartamento caindo aos pedaços, já fora Lionel Sheldrake, um executivo bem-sucedido do ramo de seguros com uma casa em Happy Hollow. Mas, então, começou a beber e perdeu tudo. Ele era um autêntico filho dos subúrbios de Connecticut e graduou-se na Universidade de Cornell. Seus ancestrais chegaram ao país a bordo do *Mayflower* — todo aquele papo que pega bem quando sai nos jornais. Eu fizera uma boa escolha.

Fiz com que ele cortasse o cabelo. Comprei-lhe um terno. Obriguei-o a assinar alguns contratos. Logo estavam dizendo que Lionel Sheldrake era um homem *importante*.[24]

Na verdade, ele é um reclamão, e estou ficando cansado de suas desculpas.

— Beefheart — grito, enquanto Sheldrake reclama. Em algum lugar nas profundezas da Central de Comando, um dos meus empregados ouve meu comando e obedece. As notas doces e destoantes da minha música favorita, "Adaptor", de Captain Beefheart e sua Magic Band, imediatamente dominam a sala em um volume ensurdecedor que cala completamente as lamúrias de Sheldrake. Meu rosto relaxa num sorriso. Ninguém me entende como Beefheart.

24. Em outras palavras, rico.

E, em seguida, congelo. Uma voz automática sobrepõe-se à música. Em um tom robótico e sem graça, ela repete de novo e de novo:

— Papai chegou. Papai chegou. Papai chegou.

# Capítulo 5

## LOLLIPOP, MINHA CACHORRA

De acordo com a sabedoria popular, na qual grande parte das pessoas acredita, as melhores coisas da vida são gratuitas. Isso é bobagem. Tenho um robô banhado a ouro que coça minhas costas exatamente no lugar onde minhas mãos não alcançam, e ele certamente não foi de graça.

Mas as melhores coisas da vida *podem* ser baratas. Minha cachorra, Lollipop, custou somente 53 dólares: a taxa de adoção no abrigo de animais. Quando a encontrei, ela estava com três meses. Ela era apenas uma melequenta gorducha de pelo rajado e dentes pequenos, sorrindo feliz para o mundo dentro da gaiola fria e sem vida. O rabo dela balançava de um lado para o outro, como se fosse um para-brisa limpando a poça de seu próprio xixi. Aparentemente, ela precisava ficar separada dos outros cachorros porque eles implicavam com ela. Idiotas.

Papai também não gostava dela. Ele vivia tentando me convencer a ter um bicho mais "fofo". Mas eu tive certeza de que ela era "a" minha cachorra desde o primeiro momento em que a vi saltando em direção às barras da grade para tentar morder a cara estúpida dele.

Quando Lollipop completou 5 meses, ela fugiu. Papai não pareceu lamentar o fato. Lolli tinha todos esses preciosos hábitos de cachorro, como roer os chinelos dele e mijar na sua maleta. Uma vez, ela fez um cocô na cadeira favorita dele que parecia perfeitamente com um minicachorro marrom. Ela é uma menina muito talentosa!

Mamãe tentou me animar preparando um sundae todas as noites. Na verdade, eu só fingia estar triste.[25] Lolli não tinha fugido realmente. Eu a mandara para um adestramento secreto de cães com os bascos, na Espanha.

Os bascos são um povo antigo, famosos por usar pequenos chapéus pretos e beber vinho em cantis de couro em forma de bota (*Veja Imagem 6*). O regionalismo na obra de Ernest Hemingway vem de lá. Aparentemente, desde sempre eles habitam o sudoeste da França e o norte da Espanha.

Geralmente, você sabe quais são os ancestrais de uma pessoa a partir do seu idioma. Ainda que não tivéssemos livros de história para comprovar, saberíamos que os norte-americanos vieram da Inglaterra, da África e de outros lugares, porque o nosso idioma tem palavras inglesas, africanas e de outros lugares.

Não sabemos nada desse tipo a respeito dos bascos. Seu idioma é um completo mistério, sem relação alguma com o blá-blá-blá francês e espanhol que os cerca. Não sabemos

25. Mesmo assim, comi o sorvete.

**IMAGEM 6:** **Os bascos são um povo antigo, famosos por usar pequenos chapéus e beber vinho em cantis de couro em forma de bota.**

de onde eles vieram. Seus ancestrais chegaram ao País Basco em navios vindos do antigo Egito? Ou eles atravessaram o território desde a Finlândia? Não existem registros.

Falar um idioma tão estranho tem uma consequência: quase ninguém entende uma palavra do que eles estão dizendo.

Papai ficou um pouco surpreso ao encontrar Lolli, perfeitamente saudável, sentada na nossa calçada em uma tarde cerca de dois meses depois de ter fugido. Ele ficou ainda mais impressionado ao descobrir que a cachorra estava treinada, podia passear sem coleira e saía para buscar o jornal todas as manhãs.

Ele ficaria completamente perplexo se descobrisse algumas outras técnicas que ela havia aprendido. Eu sou o único que as conhece e sou o único que sabe os comandos em basco para que ela as execute:

**Gelditu** = Fica.
**Eseri** = Senta.
**Hil** = Mate.
**Hil to** = Mate, mas faça parecer um afogamento acidental.
**Garbitu** = Recolha seu próprio cocô com um saco plástico.[26]

Esses são só alguns exemplos. Ela aprendeu mais de oitenta comandos em seu treinamento.[27] É claro que qualquer um que me ouve imagina que estou apenas falando bobagens de criança com meu cachorro. Minha única preocupação é encontrar com alguém que fale basco em Omaha. E isso não é comum.

Neste momento, Lollipop está deitada nos pés de Papai, encarando-o enquanto ele janta — ela sempre se senta lá.

---

26. Uma técnica surpreendentemente difícil. Foi muito mais fácil para ela aprender como carregar e disparar um míssil.

27. E mais doze comandos não verbais. Talvez, um dia, *seu* vocabulário seja rico assim!

Esperando. Não esperando que ele deixe cair um pouco de comida (isso não acontece). Esperando por algo maior. Como uma cobra que observa o treinador do zoológico, esperando que ele se distraia apenas por um segundo...

Papai tenta ignorá-la, mas eu noto que ele sempre segura a faca com bastante firmeza.

Ele parece pensativo por trás dos óculos, enquanto corta em pedacinhos a picanha suína e nos conta sobre seu maravilhoso dia.

— Eu disse pro cara: "Olha, estou lisonjeado, é uma oferta muito generosa. Mas realmente não é pra mim. Precisam de mim onde estou." — Ele olha para baixo, modesto. Papai faz esse gesto constantemente, olhar para baixo com modéstia. É como se ele estivesse com medo de encarar todas as pessoas que ele acha que o estão admirando.

— Você fez a coisa certa — diz Mamãe. Ela está apoiada nos cotovelos, ansiosa para não perder uma única palavra. — Você sempre faz a coisa certa! — A pobre coitada realmente não sabe de nada.

A meu ver, a única "coisa certa" que meu pai fez na vida foi casar-se com Mamãe. Isso aconteceu cerca de seis meses depois do primeiro encontro deles, no último ano de ambos na Universidade de Nebraska. Eu tenho uma foto deles tirada na época (*Veja Imagem 7*) — foi em um baile ou algo do gênero. Mamãe é a líder de torcida loura e radiante. Papai é esse ao seu lado, à espreita, um nerd magrelo e engravatado que de alguma forma reuniu coragem suficiente para convidar essa deusa da fertilidade para um encontro, mas ainda não acredita que ela aceitou. Então eles se casaram. Eu nasci alguns meses depois,[28] e preciso jantar com esse homem noite após noite. Por insistência da Mamãe, a propósito. Tanto eu quanto ele preferiríamos comer em nossos quartos.

Mas devo deixá-lo terminar sua história.

— Então ele tentou me oferecer ainda *mais* dinheiro, o que de certa forma me mostrou que eu estava no lugar certo. Quero dizer, não entrei nesse negócio pelo dinheiro.

Isso é verdade. Papai dirige a emissora local. É o canal de TV aberto que transmite *Vila Sésamo*. Você gosta de *Vila Sésamo*? Bem, meu pai não tem nada a ver com isso. Na verdade, ele acredita que "*Vila Sésamo* não está em sintonia com os pré-adolescentes de hoje". Mas é popular, então ele precisa manter o programa na grade da emissora.

O que ele realmente faz: às vezes, quando sintoniza um canal aberto, você vê um cantor de ópera obeso e ultrapassado cantando e suando (mais suando que cantando). Essas performances são interrompidas a cada sete minutos

28. Novamente, faça as contas.

**IMAGEM 7: Eu tenho uma foto deles tirada na época — foi em um baile ou algo do gênero.**

por um casal que sorri além da conta. Geralmente é um homem de óculos e uma mulher cujos dentes são grandes demais para a boca. Ambos parecem ter mau hálito. Às costas dos dois, cerca de vinte pessoas entediadas estão sentadas atrás de uma mesa atendendo telefonemas.

Tanto o homem quanto a mulher pedem que você, por favor, por favor, ligue para o número que está na tela e faça uma doação, então eles poderão continuar oferecendo a excelente programação com cantores de ópera gordos e suados.

O trabalho do Papai é organizar essa farra das doações. Casualmente, ele até aparece na tela como o homem sorridente de óculos. Você já viu? Ele tem um rosto triangular; um pequeno topete na frente e um *mullet* de "espertinho" atrás, que faz cócegas em sua nuca; e ombros muito, muito estreitos que, de alguma forma, carregam todos os pecados do mundo.

Então, apesar de zoar com a cara dele, preciso admitir que meu pai consegue fazer *uma* coisa que eu não consigo: mendigar.

Mastigo uma couve-de-bruxelas, engolindo-a ruidosamente. Lanço para ele meu olhar de menino-curioso-que-busca-conhecimento e pergunto:

— Mas se você tivesse mais dinheiro, poderia comprar mais presentes para Mamãe, não?

Papai responde com aquele tom gentil de *você não aprendeu nada?*:

— Algumas coisas são mais importantes do que dinheiro, Ollie.

— E eu não preciso de presentes bobos — diz Mamãe. Ela segura nossas mãos. — Tenho tudo o que quero bem aqui!

— Exatamente — diz Papai, enquanto retira sua mão. — Sua mãe tem tudo o que poderia desejar.

Isso não é exatamente verdade. Eu sei que ela quer uma máquina de lavar louças e um chapéu mais extravagante para usar na Páscoa. Ela também gosta de chocolates caros e de animaizinhos de porcelana. Na verdade, foi justamente para que Papai pudesse comprar essas coisas para ela que pedi que um dos meus empregados lhe oferecesse um emprego hoje.[29]

Mas calculei mal. Um dos grandes prazeres de Papai é recusar outros, e *melhores*, trabalhos. Daí ele se sente totalmente correto e altivo e fica se gabando sobre o assunto na mesa de jantar — e Mamãe ainda o parabeniza por privá-la das coisas. Minha vida é uma tortuosa câmara de ironias.

29. Não posso deixar que ela ganhe muitos prêmios em concursos. Pode levantar suspeitas.

Alguém começa a fazer um barulho parecido com o motor de um barco debaixo da mesa. Papai parece incomodado.

— Pelo amor de Deus, Ollie, faça alguma coisa em relação a esse cachorro.

Olho para baixo. O grunhido vem de Lollipop. Ela lança um olhar gélido para meu pai. Sua língua pende da boca como um animal que acabou de ser caçado e morto. Talvez ela não tenha gostado da forma como ele soltou a mão de Mamãe. Ou talvez ela tenha notado que eu não gostei.

— *Galtzazpiko* — sussuro. Imediatamente, Lolli para de rosnar e sai da sala. Meu pai sorri como se tivesse conquistado uma grande vitória. Ele não vai sorrir tanto quando descobrir o presente que pedi para Lolli deixar em sua gaveta de cuecas.

— Quem quer torta de banana? — pergunta Mamãe.

Papai acaricia a própria barriga e se levanta.

— Não, obrigado, querida. Acho que estamos todos satisfeitos. — Ele lança um olhar expressivo para mim. — Certo, Oliver? Todos nós comemos *bastante*.

Sou burro demais para entender olhares expressivos.

— Ainda estou com fome — digo a ele, mesmo que não esteja. Papai fecha a cara e sai para a sala de estar.

Repito a torta de banana três vezes sem conseguir sentir o gosto.

## Capítulo 6
### GAROTAS PODEM SER MÁS

— Qual é o problema, otário? Você não tem ambição alguma?

Quem diz isso é Tatiana Lopez, a Garota Mais Cruel da Escola. O otário com quem ela está falando sou eu. Estamos na hora do almoço, e eu estou sentado no meu lugar de sempre, na mesa de sempre, comendo meu sanduíche de sempre (pasta de amendoim com marshmallow). Tatiana está do outro lado da mesa, se debruçando na minha direção, apontando as unhas perigosas e pintadas de cor-de-rosa na minha cara. Ela é boa nisso. Sua coluna vertebral e seus ombros se inclinam para a frente de forma ameaçadora, então parece que sua presença assoma sobre qualquer um, mesmo quando a vítima está de pé e mesmo que ela seja baixinha. É mágico.

— Pivete — murmuro. É a senha que uso para avisar Pistola, Bardolfo e Nym que não devem interferir. Não tenho medo de Tatiana. Não muito.

— O que foi, Bola de sebo?

— Deixa ele em paz, Tati.

O segundo a falar é Randy Sparks, o Garoto Mais Ridículo da Escola. Mais ridículo do que eu, inclusive — e ele não faz de propósito. Randy é um desses tipos infelizes que parecem nerds, mas não são inteligentes. Ele é ridiculamente magrelo, usa óculos de armação fina, tem o cabelo oleoso e é um aluno média 5, quando se esforça. Nerd demais para estar com os normais, idiota demais para se juntar com os nerds, Randy representa a nação de um homem só. Quero dizer, até Pammy Quattlebaum tem amigos, e ela é uma cabeça de melão chupada que só estuda aqui há um ano. Eles a obrigam a fazer seus deveres de casa, mas ainda assim, são *amigos.*

Veja quão patético é Randy Sparks: ele escolhe sentar-se na mesma mesa que eu. Existem várias mesas vazias ao redor, mas ele prefere sentar-se comigo. Eu desestimulo essa atitude,[30] dia após dia, mas ele insiste em ficar me rondando, como um pedaço de papel higiênico que gruda no seu sapato. É revoltante. Vejo um futuro brilhante para ele no ramo de conseguir-um-trabalho-inútil-e-morrer-sozinho-e-sem-ninguém-para-lamentar-isso.

Tatiana o ignora e mantém seus olhos castanhos e venenosos cravados na minha direção.

— Sabe qual é o seu problema, Jamanta? Falta de ambição. Dou a você a chance perfeita para ser o *presidente* da

30. Normalmente fingindo ter medo dele. É mais engraçado assim.

porcaria da turma e você fica assustado demais até mesmo para tentar. Você me dá nojo — diz ela, cheia de veneno.

— Ahã — respondo, parecendo um retardado.

— Você tem coragem — completa. — É só porque eles são o tipinho que curte soltar gracinhas. — Subitamente, ela agarra o sanduíche das minhas mãos, dá uma demorada e selvagem mordida e depois joga os restos no meu colo. A manteiga de amendoim e o marshmallow lembram um inseto esmagado agora.

Tatiana sorri de forma afetada e parece envaidecer-se, como um gato satisfeito. Ela levanta a gola do casaco de cashmere cor-de-rosa que ganhou em um torneio e sai andando. Com olhos semicerrados, vejo-a partir. Ah, Tatiana. Uma enganadora, vil e perversa deusa. Você vai ter o que merece. Um dia.[31]

— Não liga pra ela. — Randy Sparks se aproxima e tem a ousadia de me dar um reconfortante tapinha nas costas. Guincho fingindo sentir dor.

— Para de me bater, Randy! Isso dói!

Randy encara a própria mão, impressionado com sua força.

31. Na verdade, eu comprei a firma na qual a mãe dela trabalha há muitos anos, pois só assim poderia transferi-la para um lugar inócuo como Death Valley ou San Diego. Então Tati teria que se mudar para muito, muito longe daqui. Mas eu não fiz nada disso ainda.

— Mas eu só...

— Abuso! Abuso! — Agarro minha merendeira e saio correndo dali. As risadas dos chimpanzés me seguem até a porta.

Foi um dia agitado. Tati está zangada comigo por causa do que aconteceu na sala de aula pela manhã. A professora Lucy Sokolov estava nos ajudando a escolher os candidatos para o conselho estudantil. A Sra. Sokolov é uma mulher inteligente e assustadora. Ela se parece com um esqueleto coberto por uma fina camada de geleca, com uma peruca vermelha no topo. Meu Departamento de Pesquisa informou que ela quer ser escritora, mas as editoras estão sempre rejeitando suas obras-primas. E é por isso que ela é má. Desconta suas ambições frustradas nos alunos.

Depois que meus colegas de classe mais fracos terminaram de indicar um ao outro para os mais absurdos cargos (secretário, tesoureiro), chegamos ao motivo da reunião: escolher o presidente da turma. É claro que cinco pessoas quase saíram no braço na ânsia de indicar Jack Chapman. Mas Sokolov resolveu a questão e a proposta foi rapidamente considerada. Então perguntou a Jack se ele aceitaria ser indicado.

Cada pescoço da sala virou-se na direção dele, o melhor aluno da escola, o rei de ombros largos (mas gentil) do recreio. Ah, Jack! Aquela testa shakespeariana alta. Aquele nariz largo e masculino. Ele olhou pensativo para as próprias mãos. Então fez uma pausa e concordou.

Não consigo descrever esse gesto adequadamente. Foi lento, bem pensado. Foi o tipo de gesto que Abraham Lincoln faria. Foi o assentir humilde de um homem que não procurou a liderança, mas que irá assumir a grande responsabilidade se sua comunidade está precisando dele. E, de uma hora para outra, ficou claro que *precisávamos* dele. Todos na sala, incluindo Sokolov, pareceram amolecer um pouco diante de tamanha grandeza.

Quero dizer, todo mundo menos eu e Tatiana. Obviamente, sou muito idiota para reconhecer a grandeza. E Tatiana é tão má que odeia a grandeza assim que a percebe. Seu braço faminto balançou no ar, pedindo a atenção da Sra. Sokolov.[32] A professora congelou, confusa.

— O que deseja, Srta. Lopez?

Tati ficou parada. Cachos. Dentes pequeninos. Nariz arrebitado. Pele cor de canela. Ela abriu a boca e disse as palavras que para sempre mancharão o momento de glória de Jack Chapman:

— Eu indico Oliver Watson para presidente.

Vale mencionar que a turma estava enojada demais para rir — inédito. Pelo olhar de Sokolov, parecia que ela havia

32. Foi a primeira vez que a vi levantando a mão na sala antes de perguntar.

levado uma peixada na cara. Tati deu uma piscadela perversa na minha direção e voou de volta até seu lugar.

Logan Michaels, uma garota gorda e desesperada que se faz de escrava de Tatiana, imediatamente reiterou minha indicação com um segundo voto. La Sokolova virou-se para mim.

— Oliver — disse ela. Pela expressão em seu rosto, parecia que ela havia mordido uma barra de chocolate e encontrado uma unha. — Você aceita a indicação?

Pedi que ela me explicasse qual era a pergunta três vezes antes de recusar.

Depois, Tati me insultou na lanchonete e violou a santidade do meu sanduíche de manteiga de amendoim com marshmallow. Mas essa parte você já sabe.

Tenho E. F. depois do almoço. Para ser mais específico, meus *colegas* têm E. F. depois do almoço — tenho uma dispensa médica que diz que eu sofreria de diarreia crônica se algum dia participasse da aula de educação física. Anicito, o treinador, não gosta quando deixam gotas de *suor* cair no chão do ginásio; então não quer que eu participe mesmo.

Entretanto, ele me faz ficar de short, camiseta e tênis, como todo mundo. Para completar, como todos os outros meninos da turma, obrigatoriamente preciso usar (no meu caso totalmente desnecessário) um protetor de testículos.[33]

Hoje, como em todos os outros dias durante a aula de educação física, fico perto do bebedouro observando meus colegas se esforçarem. Os garotos jogam bola de um lado da quadra, as meninas jogam queimado do outro lado. Liz Twombley, a Garota Mais Popular da Escola, acerta alguém em cheio. Seu cabelo louro ondulado (e todo o resto) balança devido à força. Os dois jogos parecem parar enquanto todos a observam com uma mistura de desejo e admiração. Liz, graças ao seu grande e estúpido coração, não percebe.

Estou aproveitando para resolver algumas coisas. Tenho um ponto — uma espécie de escuta — em meu ouvido, então posso conversar com Sheldrake.

— Acredito realmente que devemos comprar mais ações da Kreelco — cochicha ele. — A empresa é sólida e o preço está baixo.

— Venda nossas cotas — ordeno.

Um momento de silêncio. Então:

— Oliver, eu não costumo argumentar, mas...

33. Eu não ligo; parece um miniabraço.

— Eu disse para vender.

— Mas eu pensei que...

— Não *pense*, Lionel — digo. — Você vai se machucar.

Paro de falar para tomar um gole de leite achocolatado da fonte. Faço isso pressionando uma antiga mancha de bolor na parede. Se apertar o ponto logo abaixo da mancha, sai refrigerante. Às vezes, fico revezando entre os dois por um tempo enquanto estou bebendo. É como fazer uma vaca-preta dentro da própria boca.

Solto um arroto.

— Acredite. Vamos comprar tudo de volta na semana que vem por metade do preço.

Faço grande parte dos negócios por meio de Sheldrake. Por questões de segurança, apenas 52% dos meus empregados mais confiáveis sabem que eu existo. O próximo da pirâmide, abaixo de Sheldrake, é um grupo de quinhentos agentes que acreditam que ele é a mente por trás de um grande império criminoso para o qual trabalham. Depois temos mais ou menos mil agentes, espalhados pelo mundo, que nem imaginam a quem servem. Assim, caso eles sejam capturados, meus inimigos não conseguirão arrancar informação alguma.

E esse é apenas o lado *secreto* do meu império. Existem ainda milhares de pessoas legalmente contratadas pelas Indústrias Sheldrake (e que acreditam que Lionel Sheldrake é seu patrão).

— Próximo item — digo. — Melhor, faça uma ligação para Paris...

Interrompo minha fala quando Josh Marcil surge trotando na quadra e me empurra para se aproximar do bebedouro. Ele desconhece os meus botões secretos, então faz uma expressão engraçada enquanto engole a água morna.

— Gosto esquisito — diz.

Sorrio e digo:

— Eu gosto.

Ele infla as narinas e me encara para dizer:

— Você gostaria.

Então, num gesto desnecessário, ele me empurra novamente enquanto corre de volta para o jogo. Minha cabeça bate na parede. Dói um pouquinho. Josh é um garoto espalhafatoso, gordinho, sardento e suado. Observo-o quando ele reassume sua posição no "campo".

— Você estava falando de Paris — diz Lionel.

— Só um segundo. — Dou um clique na minha mandíbula, saindo do canal privado que uso para falar com Sheldrake e passando para a linha direta com Pistola, Bardolfo e Nym. — Josh Marcil — digo. — Estômago. — Então clico novamente no canal de Sheldrake e fico de costas para o jogo. — Então, eu estava dizendo...

Às minhas costas posso ouvir o barulho surdo de uma bola de borracha vermelha atingindo a barriga de um aluno — com força. Depois ouço o barulho do aluno caindo no chão e gemendo.[34] O treinador, Anicito, está gritando com alguém:

— Não! Não podemos acertar a bola em alguém do nosso próprio time. Inaceitável!

— Em relação a Paris, Lionel — digo, com um meio sorriso —, acho que é hora de pararmos de brincadeira.

34. Bebezão. Ele só fez o aluno perder o fôlego.

# Capítulo 7

## PARA QUE SERVE UM RECÉM-NASCIDO?

Sua lembrança mais remota certamente é a de um passeio no parquinho quando tinha 4 anos. Ou de ganhar um ursinho de pelúcia no Natal aos 3.

Eu me lembro do meu nascimento.[35] De *tudo* relacionado ao meu nascimento. O que vi. O que senti. O que ouvi. E dos odores.

Eu abriria mão de metade da minha fortuna para esquecer aquele cheiro.

Fui levado para casa por duas criaturas no dia seguinte. Uma delas era grande, macia e desajeitada. Ela olhava para mim por tanto tempo que eu já estava convencido que iria me devorar. O outro ser era magrelo e com cara de fuinha. Ele sorriu quando olhou para mim. Foi o primeiro sorriso falso que vi na vida.

Depois, naquela mesma tarde, enquanto Mamãe (como aprendi que se chamava) tirava um merecido cochilo,

35. Na verdade, consigo ir ainda mais longe do que isso. Lembro-me das paredes arroxeadas do útero da minha mãe. Uma beleza.

Papai se debruçou sobre o berço onde eu estava deitado. Ele falava com um colega de quarto da faculdade ao telefone.[36]

— É, demos a ele o nome de Oliver Júnior... — Ele ouviu por um segundo e então gargalhou como uma metralhadora sendo disparada, *ga-ga-ga-ga-ga.* — Claro que ele tem o meu nome, seu idiota! Sério, Don, você é *hilário.*

Papai se acomodou em uma cadeira e apoiou os pés no meu trocador.

— Ah, sim, estou empolgadíssimo. Sabe como é, infância e inocência; tudo isso é muito importante para mim. De certo modo, sou um criançāo também, não é? — Ele se aproximou do meu berço por um segundo e pensei que fosse me fazer um carinho, mas pegou meu ursinho de pelúcia e começou a apertá-lo, distraído. — Simplesmente me dou *bem* com crianças. Sei como raciocinam. O cérebro do pequeno Oliver Júnior. é tão simples, puro e inocente, livre dos preconceitos desse mundo adulto horroroso. — O ser se olhou no espelho e começou a brincar com seu cabelo. — Estou olhando para ele agora mesmo, e é como se pudesse ver o futuro.

De repente, ele congelou. Foquei meus jovens olhos e notei que ele havia encontrado um fio grisalho no meio da

36. Aprendi inglês ao ouvir as conversas das enfermeiras no hospital. Um pouco de espanhol também.

sua juba. Ele enrolou o fio entre os dedos, como se fosse uma larva venenosa, arrancando-o em seguida de forma selvagem. Depois ele encarou novamente seu reflexo no espelho. Seu semblante era sombrio agora. Eu podia ouvir Don falando sem parar do outro lado da linha, mas não parecia que Papai ainda estava prestando atenção.

— O quê? Ahn? Sim, estou aqui — ele diminuiu o volume e olhou de relance para a porta que dava para onde Mamãe estava dormindo. — Então, cara... Você sabe que eu não poderia estar mais feliz por estar trazendo essa nova vida ao mundo... Mas... Quero dizer, *cara*! Foi tudo tão *rápido*. Primeiro a Marlene e agora um bebê... Não consigo deixar de pensar que, de repente, tudo isso possa me impedir de fazer... Bem, o trabalho importante para o qual estou *destinado*.

Meu berço ficava em um quarto que também servia de escritório para o meu pai. Era no nosso apartamento antigo. O quarto era do tamanho de um closet grande e as paredes eram pintadas de um tom de verde bem escuro, mas Mamãe colara adesivos de sapos por toda a parte por minha causa. O computador ficava ao lado do berço. O único trabalho *importante* que vi meu pai fazendo foi jogar gamão.[37]

— Sabe, sinto que estou destinado a ajudar todas as crianças do mundo, e ser famoso por isso, entende? Tipo, talvez

37. Logo eu fiz um uso bem melhor daquele computador.

eu escreva um livro ou algo assim. Ou trabalhe na TV. E imagino quão *egoísta* eu seria se dedicasse tanta energia somente para essa única criança, quando poderia estar ajudando tantas outras. É uma distração...

Ele ouviu por um segundo.

— Não, ele não fica chorando nem nada disso. Ele simplesmente encara você... Tipo, ele está sempre *encarando*... com esses olhos grandes e vazios... E a testa dele é, tipo, *gigante*. Pra completar, o nariz praticamente não existe; é só um buraco achatado no meio da cara...

Ele logo percebeu como aquilo deveria estar soando.

— Não me leve a mal. A criança é maravilhosa. Estou olhando pro garotinho agora mesmo. Ele é... incrível, cara.

Que fique registrado: ele ainda olhava para o espelho quando disse isso.

— Mas, você sabe, e se... Ainda é cedo para afirmar, é claro, mas e se ele herdar a inteligência *dela*? Não sei se eu poderia suportar... Não, *é claro* que eu a amo, cara. Não tem nada a ver com isso. Quero dizer, ela ganhou alguns quilos durante a gravidez, mas tenho certeza de que vai perder logo...

Ele suspirou, o suspiro de um homem que sofre tanto que o mundo jamais poderá compreender — ou se importar. Era um som que eu conheceria muito bem no futuro.

— Só estou dizendo... Desde pequeno eu soube que estava destinado a fazer algo *incrível*. Algo que mudaria completamente o mundo. Eu não sei o quê, um livro, uma peça, uma invenção, mas *alguma* coisa. E não vejo como poderei fazer isso com uma família pesando de repente sobre os meus ombros.

Nesse momento, Papai olhou para mim. E eu sorri para ele. Foi o *meu* primeiro sorriso falso.

É interessante perceber, no seu segundo dia de vida, que seu pai vai culpá-lo por todos os erros futuros dele. Não recomendo a experiência.

Foi quando decidi "ocultar meu brilho" e bancar o idiota. Já dava para saber que minha mãe ficaria aterrorizada com minha capacidade intelectual. E Papai... Bem, ele não sabia, mas ele já havia feito "algo importante", algo que "mudaria o mundo".

Isto é, eu.

Mas não vi motivo algum para dividir essa informação com ele. Eu não deixaria que ele aquecesse seu pequeno e frígido coração com as flamejantes chamas da minha genialidade.

Se ele não conseguia me amar pelo que eu aparentava ser, ele não merecia saber da grandeza que se escondia ali dentro. Naquele exato momento, decidi nunca me importar com o que meu pai pensasse, nunca deixar transparecer, nem um pouquinho, quão monstruoso ele havia se mostrado. Ele não significava nada para mim.

*Nada. Nothing. Zilch.* E não me importei, nem por um segundo, com o que ele achava de mim desde então.

P.S.: Todos os bebês têm narizes pequenos, seu babaca.

# Capítulo 8
## ACEITO UM DESAFIO

Papai senta-se na cabeceira da mesa de jantar, brincando com seu bife, enquanto soluciona os problemas do mundo para nós. Não estou prestando muita atenção na conversa, mas o cerne da discussão parece girar em torno do fato de que, se tivéssemos leis mais rígidas sobre o uso do cinto de segurança, estaríamos em melhor situação. Mamãe parece não ouvir com a dedicação de costume. Ela rabisca algo e, ocasionalmente, parece que vai dizer alguma coisa, mas em seguida pensa melhor e une os lábios em um sorriso tímido e satisfeito.

Papai não demonstra se importar muito com o que Mamãe diz, então é divertido ver como fica incomodado quando ele não é o centro das atenções dela.

— O antigo cinto de dois pontos simplesmente não é mais suficiente — declama. — As pessoas precisam entender que esses ditos carros clássicos precisam se modernizar para estarem de acordo com... Você está pensando em alguma coisa, Marlene?

O nome dela é dito em um tom de aborrecimento controlado e com a (compreensível) surpresa de que houvesse *alguma outra coisa* nos pensamentos de Mamãe.

— Ollie foi indicado para ser presidente de turma! — exclama ela. — Aquela garotinha linda, Lopez, indicou ele. Ele disse não, mas o nomearam!

Ele pergunta "O quê?" três vezes antes de acreditar naquilo.

Comentei sobre a indicação com Mamãe depois do queijo quente da tarde (que estava perfeito, a propósito), mas não imaginei que ela ficaria tão impressionada. Acho que aquela animação ficou fermentando dentro dela durante toda a tarde, como uma lata de refrigerante que foi sacudida além da conta.

Papai não parece tão impressionado.

— Oh — diz. — Bem. Claramente, é algum tipo de...

Ele se interrompe antes de chegar a dizer "piada". Mas consigo ouvi-lo dizer ainda assim. Ele dá um tapinha sem jeito na minha cabeça.

— Parabéns, Oliver. É uma grande... honra.

Então ele começa a passar manteiga em uma fatia de pão para evitar ter de olhar para mim novamente.

Mamãe sai correndo em direção ao banheiro. Ser a portadora de uma notícia tão importante provocou muita pressão na bexiga dela.

Eu baixo minha colher e me concentro no ensopado. Papai e eu não conversamos muito quando estamos sozinhos. Meus pensamentos se deslocam para minha preocupação mais urgente: um funcionário corrupto no comércio de Hong Kong que estava embargando minhas exportações para o sul da Ásia. Aquilo pedia um suborno complexo para ser resolvido...

— Cara. Conselho Estudantil. Isso realmente me faz voltar no tempo.

Levanto a cabeça para olhá-lo, surpreso. Papai está falando comigo. Ou, para ser mais preciso, ele está falando consigo mesmo e por acaso eu estou ali. Ele está se reclinando na cadeira, sem os óculos, olhando na direção do teto enquanto lança sua mente para os gloriosos dias do passado.

— Eu mesmo. Rhena Vinson. Louis Goldberg. Heather Grich foi tesoureiro um ano. Foi quando começamos a nos destacar. Os que fariam a *diferença*, que tinham um comprometimento com a comunidade.

Acho que nunca ouvira antes uma descrição tão brilhante da turma que vendia rifa.

— Sabe, nós... Foi como se todo mundo de repente percebesse que faríamos algo de importante com nossas vidas.[38] A turma inteira repetia: "Certo, então *vocês* nos representam." E, quando fui eleito presidente, no nono ano, derrotando Louis por 25 votos; foi uma honra enorme. Confiaram a mim uma tarefa sagrada, e eu sabia que não podia decepcioná-los.

Parecia a origem secreta do super-herói mais chato da história. Os olhos dele estão úmidos. Seus lábios, também. (Ele está salivando?)

— Foi simplesmente... *incrível*, cara...

Então, simplesmente do nada, seus devaneios cessam. Ele esfrega os olhos e recoloca os óculos. Abaixa a cabeça e me vê ali.

Pior: ele abaixa a cabeça e está *surpreso* por me ver ali.

Pior ainda: ele abaixa a cabeça e está *decepcionado* por me ver ali.

Por *me* ver.

E é quando tomo uma decisão.

---

38. De acordo com meu departamento de pesquisa: Rhena Vinson tornou-se advogada especializada em divórcios, em Fargo, Dakota do Norte; Louis Goldberg é massagista terapêutico; Heather Grich foi a mais bem-sucedida presidente de um banco, em Chicago. Mas em seguida teve um colapso nervoso e atualmente é professora do ensino fundamental.

Ele se recompõe, troca a expressão do rosto, escolhendo algo que se assemelha a afeição. Estende um braço, hesitante, e me dá um tapinha no ombro.

— Mas ser apenas indicado. É ótimo também. — Ele sorri para mim. Pelos meus cálculos, é o milionésimo sorriso falso que ele me lança. E um dos menos convincentes.

— Obrigado, Papai! — Sorrio também. — Obrigado! Obrigado! — Seguro seu pulso com força, beijando o dorso da mão dele quatro, cinco vezes, de forma repetitiva e babada, até que ele tenha coragem de retirá-la. Ele parece um pouco assustado quando desvio meu olhar maníaco para baixo, na direção do ensopado.

Eu o odeio.

Odeio seu orgulho. Odeio sua presunção. Odeio sua cara.

Odeio que haja algo em seu passado que ele valorize tanto. Algo puro. Quando as coisas ficam difíceis, quando há muito trabalho, quando começa a duvidar de si mesmo, ele sempre pode se lembrar do grêmio estudantil. Ele sempre vai ser o cara que derrotou Louis Goldberg por 25 votos. Ele sempre vai ser o presidente do nono ano. E isso o torna especial. Ele acha. Torna-o melhor do que eu.

Ele acha.

Mas eu vou estragar essa lembrança. Vou corrompê-la. Da mesma forma que ele estragou tantos bons momentos meus. Da mesma forma que ele estragou tantos dos meus melhores dias.

Vou colocar um verme na maçã dele. Vou fazê-lo pagar.

Não ache que eu quero o respeito dele. Ou seu amor. Ou que ele tenha orgulho de mim. Eu não quero. Isso é ridículo. Só de pensar nisso me dá nojo. Não quero que ele me aperte contra o peito e diga: "Tenho orgulho de você, meu filho." Prefiro a morte. Prefiro beber xixi de lhama. Prefiro a dieta da cenoura com couve-flor.

O objetivo aqui é fazer com que ele sofra. É pegar aquelas memórias douradas e felizes dos tempos populares do grêmio e transformá-las em desprezíveis pilhas de cocô infestadas de vermes, imensos vagões de bosta e lágrimas e bile. O que um dia valeu a pena ser lembrado no fim das contas só servirá para lembrá-lo de que ele não é tão especial assim. Vou envergonhá-lo.

O filho gordo, egoísta e estúpido dele vai concorrer na eleição para ser presidente da turma. E vai ganhar.

Vai ser moleza.

# Capítulo 9
## CURTO E GROSSO

**OBJETIVO**: Vencer a eleição para presidente da turma.
**TEMPO ATÉ O OBJETIVO**: Um mês.
**OBSTÁCULO IMEDIATO**: Vencer nas urnas — entrar em contato com Leon Pinckney.
**OBSTÁCULO A LONGO PRAZO**: Oponentes — Jack Chapman e Elizabeth Twombley.
**PROBABILIDADE DE SUCESSO**: 100%

Rabisco essas notas para mim mesmo enquanto Sheldrake não para de falar sobre a receita da rádio no último trimestre.

— As vendas de anúncios caíram 3% nas nossas estações transmissoras. E as multas da FCC aumentaram — solta num tom nasalado, daquele magnífico nariz aristocrático. — Talvez devamos considerar uma diversificação no ramo de assinatura via satélite...

— Já estamos diversificando — rebato. — Tenho o controle acionário de todas as transmissões de rádio via satélite norte-americanas.

— Oh — Sheldrake vasculha sua papelada. — Quando isso aconteceu?

— Naquele dia em que você ficou em casa doente, gripado.

Lollipop choraminga no assento ao meu lado e repousa a grande cabeça no meu colo. Coço suas orelhas enquanto olho pela janela, na direção dos meus cassinos flutuantes e iluminados lá embaixo. Lollipop odeia voar. Não costumo viajar muito, acho arriscado, mas esta noite eu tinha muito em que pensar além de um desejo de ver o céu noturno. Então soltei um gás do sono no quarto dos meus pais e disse a Sheldrake para preparar o dirigível.

Sheldrake parece meio esverdeado. Não acredito que ele goste muito de voar também — pelo menos não em algo com tecnologia menos avançada que a de um jato executivo. Mas eu prefiro a elegância à moda antiga: voar na parte de baixo de um imenso balão de gás hélio. E era bom sentir as vibrações da hélice girando (estou com dor de barriga).

— Informe o departamento de pesquisa de que quero relatórios completos sobre Jack Chapman e Liz Twombley.

Sheldrake anota.

— Quem são?

— Meus colegas de classe.

Ele fica ainda mais verde.

— Você quer relatórios sobre *crianças*?

Dou um sorriso dissimulado para ele.

— E o que eu sou, Lionel? Picadinho de fígado?

Esse tipo de piada é um desperdício quando se trata de Sheldrake. Ele simplesmente assente e resmunga:

— Às vezes eu me esqueço...

A essa altura já ultrapassamos o rio e estamos sobrevoando o centro de Omaha. Posso ver a linha do horizonte, o estádio Rosenblatt, a elegância clássica do Central High School,[39] e a cúpula de cristal que ocupa o gramado da entrada do Omaha Building. Tenho prazer quando olho a cidade do alto e sei que grande parte dela é minha. E, no que não é meu, construí túneis para infiltrar e comprometer. É assim que os faraós deviam se sentir quando avistavam suas pirâmides, em Gizé — aquelas enormes lanças pontiagudas se projetando para fora da areia como a corcunda de uma cobra gigante enterrada no deserto. Uma cobra que, um dia, sob o comando do faraó, iria sacudir a poeira e elevar-se. Uma cobra que se arrastaria para fora do deserto para morder a bunda do mundo.

39. A *alma mater* de meu pai, e para onde irei um dia.

Mas o mundo é muito mais vasto do que passeios de dirigível à meia-noite. Puxo o megafone até a minha boca e digo ao capitão para pousar.

É manhã e, antes mesmo de ir até a sala de aula, me vejo correndo pelo corredor para tentar alcançar o diretor Pinckney em seu escritório.

Talvez *tentar* não seja a palavra correta. Sei que ele está lá; pedi que Pistola, Bardolfo e Nym se certificassem disso. Como recusei a nomeação quando fui indicado, agora eu precisava da aprovação de Pinckney para participar da eleição.

Randy Sparks, o Garoto Mais Ridículo da Escola, está parado em frente ao seu armário, tentando remover com uma escova de dentes velha as manchas de suor que seu sovaco deixou na blusa. Todas as blusas de Randy têm manchas horríveis de suor — ele mora com o pai, que não sabe muito bem como lavar roupas. Para completar, Randy sua muito. Grande parte das pessoas — ou melhor: *todos no mundo com exceção de Randy Sparks* — estaria tentando tirar as manchas no banheiro masculino, onde ninguém poderia ver. Mas coisas ruins acontecem a Randy Sparks quando ele vai ao banheiro dos meninos. Ele não tem nenhum guarda-costas armado com Lazopril para protegê-lo. Duvido que ele tenha feito xixi na escola uma única vez nos últimos três anos.

Quando passo pela sala dos professores, a porta se abre e o Sr. Moorhead sai. Fica claro que ele está atrasando a Srta. Sokolov, que fica tentando ultrapassá-lo para chegar na minha sala de aula. Debaixo do braço, ela carrega um livro com um cachorro de orelhas grandes na capa; fico vesgo na tentativa de ler o título — *Pnin*, de Vladimir Nabokov.

— ... absolutamente impressionante — ele está soltando. — Quero dizer, realmente fez a minha cabeça. — Sua usual aura de suor, cigarro e café velho intoxica os arredores. Deve ser tão saudável quanto sentir o cheiro da morte a essa hora da manhã.

— Ahnn. — Sokolov dá um último pigarro na tentativa de ser educada e então passa por Moorhead a caminho da liberdade. Ele a observa se afastando, suas sobrancelhas arqueadas de desejo.

Então Moorhead tem uma paixonite oculta. Ora, ora... Essa pode ser uma oportunidade para diversão de verdade no quesito ferrar-com-a-cabeça-das-pessoas.

— Preciso das gravações do ouvinte do poste 2 — sussurro. — Da última meia hora.

O diretor Pinckney ainda está em sua sala quando chego, principalmente porque alguns tutores acéfalos bloquearam a porta com duas grandes caixas repletas de livros didáticos. Apareço justo no momento em que ele está tentando sair, empurrando pelo corredor cópias de *História americana: uma gloriosa festa*. Contrariado, ele olha para os exemplares; depois para, surpreso.

— O que posso fazer por você, Oliver?

— Quero ser presidente de turma.

— Entendo — diz ele. Ele se vira e chuta o livro mais próximo com tanta força que o mesmo quica em três paredes diferentes.

Leon Pinckney é um homem de meia-idade, afável e ex-atleta que vem a ser um mais que competente professor de ciências. Infelizmente, para ele, sua inteligência e sua família (numerosa e perdulária) conspiraram para colocá-lo no mais lucrativo (e marginal) ramo da administração. E é dever dos administradores informar a menininhos semi-inteligentes que eles não podem ser presidentes de turma.

Sua testa cor de chocolate se enruga com simpatia genuína quando ele me diz:

— Ahn... Presidente de turma. Você sabe que vai precisar de votos para se eleger...

Ele sorri, aliviado, quando explico a situação. Ele tem uma justificativa mais forte.

— Desculpe, Oliver, mas se você recusou quando foi nomeado, realmente não há nada que eu possa fazer. Não seria justo com as outras crianças se eu abrisse uma exceção para você, não é?

Ele sabe o quanto crianças idiotas estimam a justiça. Faço uma cara de desapontamento e saio andando, mas não estou exatamente surpreso. Eu sabia que não seria tão fácil.

— Tragam O Motivador — sussurro, enquanto sigo meu caminho até a sala de aula.

Moorhead continua seu discurso sobre *Fahrenheit 451*. Estou prestando ainda menos atenção que o de costume — as conversas rolando no ponto que uso no ouvido são muito mais interessantes. As estrelas são Moorhead e Sokolov, e a conversa fora gravada na sala dos professores há duas horas, um pouco antes de eu ter passado por ele no corredor.

**MOORHEAD**: (*fingindo estar surpreso*) Oh, olá, Lucy! Incrível ver você aqui (*risada ridícula*)!
**SOKOLOV**: Oh. Oi.... (*tenta recordar qual é o nome dele*) Neil.
**MOORHEAD**: Posso servir-lhe uma xícara de café?
**SOKOLOV**: Não, obrigada. Não bebo café.
**MOORHEAD**: Esperta. Estou no terceiro copo do dia (*risada ridícula*)!
**SOKOLOV**: Que pena. Bem, está na hora de ir para a aula.
**MOORHEAD**: Oh! Você esta lendo *Pnin*. É do Nabukuv, certo?

Nessa parte, eu abro um largo sorriso. Além de estar flertando de forma patética, ele conseguiu pronunciar errado o nome de Nabokov. Isso normalmente é perdoável, mas não quando eu sei que Sokolov escreveu sua tese de mestrado sobre o gordo e morto gênio russo.

**SOKOLOV**: É... sim. Uau, olha só que horas são.
**MOORHEAD**: Sabe, eu li *Fogo pálido* na faculdade. Ele escreveu esse também.

(*Som de uma porta abrindo, as vozes ficando mais fracas à medida que eles andam pelo corredor*).

**MOORHEAD**: Eu achei o livro... absolutamente incrível.
**SOKOLOV**: Ahnn.
**MOORHEAD**: Quero dizer, realmente fez a minha cabeça.

(*Puf! Ela se vai!*)
(*Panorâmica*)

— Eu disse algo engraçado, Oliver?

Neste momento, percebo que estou rindo muito alto.

Moorhead me lança um olhar do quadro-negro.

— Perdoe-me se pareço surpreso, mas não estou acostumado com alunos gargalhando quando descrevo um futuro distópico plausível, no qual livros são ilegais e pessoas que pensam por si próprias são *penalizadas* por...

Dei outra gargalhada, esta foi ainda mais alta e bati palmas. Seu olhar fica afiado como vidro. Pammy Quattlebaum franze os lábios e balança a cabeça de lua para mim.

— Você disse penial. — Dou um sorriso fraco.

A turma inteira explode numa gargalhada divertida e subumana. Moorhead suspira e vira de costas para mim: sou uma causa perdida.

Mas a verdadeira causa perdida, é claro, é sua tentativa de cortejar La Sokolova. A garota está fora do alcance. Ela é dez vezes mais esperta do que ele, e muito mais bonita — ainda que seja magra demais. Ela é o tipo de mulher que ele, com sorte, vai apenas ver desfilando, o nariz grudado no vidro enquanto ela passa. Acho que ele acredita que tem uma chance porque ela está presa na mesma escola que ele.

A ironia é que Moorhead certamente é mais feliz *sem* ela do que jamais seria *com* ela. Além de sua beleza e inteligência, Sokolov tem o pavio curto, é uma bruxa extremamente crítica. Talvez ela seja a mulher mais cruel que eu já conheci. Uma vez ela disse a Benito Guzman, o Garoto Mais Tímido da Escola, que a personalidade dele se equiparava a de uma fralda usada. Se Moorhead tivesse a falta de sorte de realmente ter uma relação com ela... Bem, uma mulher daquelas simplesmente o *esmagaria*.

Hummm.

Talvez tenhamos uma boa ideia aqui.

Fico por perto depois que a aula termina. Quero ver Moorhead lendo a mensagem em seu último cigarro: VOCÊ PRECISA TESTAR UM NOVO DESODORANTE.

Estudos sociais talvez seja a aula de que eu menos gosto — o que é estranho, porque meio que gosto do professor. É tão entediante. Sinto como se estivéssemos aprendendo o quanto o povo dos outros países é chato.

Levanto a mão. A professora de estudos sociais, Sra. Magoffin, diz:

— O que foi, Oliver?

— Meu estômago está doendo.

Tatiana diz:

— É sério, Sra. Magoffin. Quando o estômago dele dói, dá pra sentir lá na China.

A Sra. Magoffin ignora Tatiana.

— Bem, Oliver, não estou surpresa. Vi você comendo carne defumada e manteiga de amendoim no corredor antes da aula. Mas se vai fazer com que você se sinta melhor, pode ir ao banheiro.

Normalmente, a Sra. Magoffin é uma mulher irritantemente educada, então fico surpreso por ela ter mencionado meu lanche da tarde.[40] Mas agradeço e me encaminho para o banheiro masculino.

Como eu esperava, o banheiro dos meninos está vazio. Vou até a terceira cabine, que tem um aviso permanente de INTERDITADO pregado na porta. Ainda que alguém quisesse ignorar o aviso, seria impossível; a porta está trancada por eletroímãs e só abre se a maçaneta for movida segundo a combinação correta.[41]

Lá dentro, o vaso sanitário parece tão manchado, fedido e descascado quanto qualquer outro vaso sanitário do colégio, mas é apenas tinta e maquiagem. Esse vaso não é realmente um vaso, e exijo que esteja sempre impecavelmente limpo.

Levanto a tampa do "reservatório de água" atrás da "privada" e está cheio de caixinhas de leite achocolatado, pipoca quentinha e refrigerante. Pego um saquinho de pipoca e dou "descarga". A luz que está presa lá em cima começa a projetar um filme na água dentro do vaso.

---

40. Realmente sinto fome na aula de estudos sociais.

41. Por que você veio procurar aqui embaixo? Realmente acreditou que eu diria qual é a combinação? Meu Deus, você é mais idiota do que parece.

Aquilo foi filmado 20 minutos depois de eu ter visto o Sr. Pinckney de manhã. O cenário é o escritório dele. Ele está sentado na mesa, trabalhando com uma papelada e reclamando. Então O Motivador aparece.

Encaixo a escuta no ouvido e mudo para o canal do filme para poder escutar.

O Sr. Pinckney diz:

— Quem é você?

O Motivador sorri (seu sorriso é aterrorizante) e diz:

— Sugiro que você reconsidere a decisão de deixar Oliver Watson concorrer na eleição para presidente de turma.

Pinckney olha para ele de um jeito esquisito.

— Quem é você? É pai do Oliver?

O Motivador apenas amplia seu sorriso.

— Sugiro que você reconsidere a decisão de deixar Oliver Watson concorrer na eleição para presidente de turma.

— Olha, seja quem for, você não pode simplesmente entrar aqui ditando exigências. Não me obrigue a ligar para a segurança. — Pinckney tira o telefone do gancho. Está sem linha, claro.

Nesse momento, o sorriso do Motivador vai de orelha a orelha.

— Sugiro que você reconsidere a decisão de deixar Oliver Watson concorrer na eleição para presidente de turma.

A maioria das pessoas desmorona ali. Simplesmente ficam assustadas demais. Elas veem esse homem — esse monstro — parado na frente delas, uma besta com mais de dois metros de altura, careca e vestida de negro, e dizem:

— Sim, sim! O que quiser! Só saia daqui!

Mas Pinckney é um cara durão.

— Não sei quem é você — diz. — Pra ser sincero, não sei *o que* você é. Mas você não tem o direito de me dizer como administrar minha escola. Minha decisão sobre o menino é essa, não volto atrás.

Pus minha pipoca embaixo do suporte de papel higiênico e pressionei. Escorreu manteiga de lá. Isso está ficando cada vez melhor!

O Motivador entrelaça seus grandes dedos. Suas mãos se assemelham a grandes luvas brancas de beisebol, cobertas por marcas e verrugas cabeludas. Ele percebe que a Fase Um não está dando certo com Pinckney, então segue para a Fase Três:[42] suborno.

— Eu lhe darei qualquer coisa (e quero dizer realmente *qualquer* coisa no mundo) caso reconsidere a decisão de deixar Oliver Watson concorrer na eleição para presidente de turma.

Agora Pinckley está rindo, incrédulo.

— Você está falando a sério? Você realmente está tentando me *subornar*? Por uma eleição do conselho estudantil?

O Motivador não se mexe. Parece que nem está respirando. Ele apenas sorri, sorri e sorri. Seus dentes quadrados e brancos parecem projetar-se para fora do crânio, como duas lápides amarelas quebradas.

Pinckney ri.

— Certo, tudo bem. Qualquer coisa? Está bem. Eu quero um boneco do Boba Fett com lançador de foguetes. Consiga um para mim e farei o que quiser. O céu é o limite.

O Motivador para de rir. Faz que sim com a cabeça e sai da sala.

42. A Fase Dois não funcionaria nesse caso. Pinckney é o tipo de sujeito que liga para a polícia se você tenta chantageá-lo.

Pinckney fica encarando a entrada, ainda incerto se a coisa toda não fora alucinação. Então o telefone, que ele ainda está segurando, começa a dar linha. Fim das cenas cinematográficas.

Isso vai ser um pouco mais difícil do que eu gostaria.

Eu já vi esse boneco do Boba Fett. Em 1979, a empresa que fabricava os brinquedos de Star Wars divulgou uma promoção especial para os fãs: Mande quatro comprovantes de compra para ganhar um boneco Boba Fett Caçador de Recompensas que atira foguetes *de verdade* de sua mochila (*Veja Imagem 8*).

É natural que crianças do mundo todo tenham enlouquecido por causa desse boneco. Porque as crianças do mundo todo são *brilhantes*.

Infelizmente, depois de realizar alguns testes com protótipos, a empresa percebeu que todas as brilhantes crianças iriam sufocar até a morte tentando engolir os foguetinhos de plástico.

Então o boneco do Boba Fett com lançador de foguetes nunca foi lançado. Isso gerou um desapontamento considerável. Na verdade, para alguns nerds cientistas de certa idade, esse boneco representa o Santo Graal em uma coleção de Star Wars. É o brinquedo que sempre desejaram — o brinquedo *prometido* — mas que nunca tiveram. Esse é o brinquedo que daria verdadeiro significado às suas vidas.

**IMAGEM 8: Mande quatro comprovantes de compra para ganhar um boneco Boba Fett Caçador de Recompensas que atira foguetes *de verdade* de sua mochila.**

Apenas duas dúzias de protótipos foram confeccionadas. E menos da metade sobreviveu. Apenas um está inteiro e suficientemente completo — com pintura, lançador funcionando e foguete original — para ser considerado um verdadeiro Boba Fett com lançador de foguetes.

O boneco pertence a um ditador de uma nação africana que, por acaso, eu conheço, mas que não o venderá por preço algum.[43] O que por si só conta a seu favor, ou ele faria qualquer coisa por dinheiro.

43. Se fosse eu, iria derreter o boneco e mandar seus restos mortais para o Bill Gates. Sou mesmo um boçal às vezes.

Sento na privada e dou pequenos goles no meu leite achocolatado até o sinal tocar. Ainda tenho muito em que pensar. Pedirei a Sheldrake para abastecer o dirigível.

# Capítulo 10
## GAROTOS SÃO IDIOTAS

As garotas são idiotas também, é claro, mas os meninos são um tipo especial de idiota.

Por exemplo, uma menina votaria num garoto numa eleição, iria assistir a um filme sobre um garoto ou compraria um livro cujo herói fosse um menino.[44] Mas é improvável que os garotos fizessem o mesmo em relação às meninas. Eles são incapazes de conectar suas frágeis mentes à ideia de que aquela *garota* talvez tenha alguma coisa em comum com eles. É como se não conseguissem reconhecer as meninas como seres humanos.

E isso deixa Liz Twombley com uma desvantagem considerável nesta eleição, ainda que ela seja a Garota Mais Popular da Escola.

Liz é uma menina doce e boba, normal, de boa aparência e sorriso amistoso. Ela é muito mais legal do que grande parte das Garotas Mais Populares da Escola costuma ser, então provavelmente não vai sobreviver por muito tempo.

44. Ou vilão.

Seu atual status se deve aos seguintes fatores: 1) Ela é rica — o pai dela é o maior fabricante mundial daqueles bonecos infláveis gigantes que costumamos ver nas entradas das concessionárias de carros (*Veja Imagem 9*); e 2) Ela se desenvolveu cedo. Que é o mesmo que dizer que ela tem peitos.

Só que isso pode ser uma faca de dois gumes (nesse caso, uma faca estranhamente agradável e macia). Meninas que se desenvolvem muito cedo se transformam na Garota Mais Popular da Escola ou em vadias. Claro que não vadias *de verdade*. Mas todo mundo as chama de vadias, só porque têm peitos. Essa é a lógica entre os meus iguais.[45]

Liz escapou do injusto rótulo quando seus peitos cresceram, mas ela *nem ao menos sabe que eles existem*. Totalmente desprovida de autoconhecimento, ela avança pelo mundo sem notar os dois arautos que anunciam sua chegada. Você não pode chamar de vadia alguém que é, claramente, tão ingênua. É um papel difícil que requer um grau perigoso de idiotice para ser descoberto. Normalmente, a puberdade tardia é muito menos complicada. Ainda que, no meu caso, eu esteja de saco cheio de tanta demora.

— Representando a turma do Sr. Moorhead, Elizabeth Twombley.

Os peitos de Liz se encaminham para a frente do auditório. Sem jeito, ela vai batendo os pés pelo corredor como

45. Papai as chama de "o futuro". Uma observação, só para descontrair.

**IMAGEM 9:** **Ela é rica — o pai dela é o maior fabricante mundial daqueles bonecos infláveis gigantes que costumamos ver nas entradas das concessionárias de carros.**

um mergulhador em um concurso de beleza. Uma vez que ela está no palco é difícil dizer o que é maior, seu sorriso ou seus... Na verdade, lamento ter começado essa frase. A questão é que ela está lá e a multidão reage com uma salva de aplausos morna.

Os amigos de Liz pulam em seus lugares e começam a entoar: "Vai, Twombley! Arrasa! Vai, Twombley!" Algumas das Garotas Não Muito Populares ficaram animadas e se juntaram ao grupo, espiando pelo canto dos olhos se as Garotas Populares notaram o que fizeram (não notaram).

Todos os outros estão ocupados sussurrando, cutucando, fofocando ou tirando um cochilo. Estou sentado lá no fundo do auditório, no meio da fila, e me sinto oprimido. Normalmente haveria lugares vagos ao meu redor, mas hoje o auditório está lotado; o colégio inteiro está nesta assembleia. Cada um dos assentos de veludo vermelho está ocupado. Algumas pessoas estão sentadas no corredor, em fila indiana. Estou sentado entre o estudante chinês de intercâmbio, que está roncando,[46] e Randy Sparks, o Garoto Mais Ridículo da Escola, que está tentando sentir seu próprio hálito soprando e tentando conter o bafo entre as mãos.

No palco, Liz se coloca diante dos nomeados para a não tão importante eleição do oitavo ano — um bando de inertes,

46. E exibindo os maiores pelos no nariz que eu já havia visto em um aluno do sétimo ano.

puxa-sacos e ratos dando os primeiros passos em direção a um futuro glorioso como burocratas de baixo escalão.[47]

Ao lado de Liz está o vice-diretor, Hruska, um velhinho grisalho que está a um ano de se aposentar, mas neste momento está ali, preso, tendo que anunciar quem são os nomeados para o conselho estudantil. Ele consulta o papel impresso em sua mão.

— Da turma de orientação da Sra. Sokolov, Jack Chapman.

Jack se move de forma graciosa pelo corredor e é muito aplaudido. Os amigos de Liz fazem careta e se sentam, mas são substituídos por uma centena de crianças que saltitam aos pés de Jack e o saúdam de maneira obscena. Parecia que ele estava concorrendo a uma vaga para ser rei. Ele e Liz trocam sorrisos amistosos.

O velhinho Hruska olha para Jack e para Liz, mas é como se não os visse. Ele tem aquele olhar distante comum de prisioneiros reclusos ou professores que estão a um passo de conseguir a aposentadoria. Você não vai vê-lo com os olhos marejados por causa de outra eleição idiota do conselho estudantil. Ele é como uma estátua que decidiu não mais se incomodar se os pombos fazem cocô ali ou não — uma estátua de cabelos grisalhos azulados num corte masculino e gravata com duas dúzias de manchas

47. BUROCRATA: Alguém que fica sentado atrás de uma mesa e diz que você não pode fazer alguma coisa.

de molho. Ele olha de relance para o discurso no papel, pronto para ler as palavras "Obrigado a todos por virem, por favor, retornem para suas salas de maneira ordenada", quando vê algo inesperado. Sua expressão desaba. Ele aparenta estar confuso e, de repente, muito, muito cansado.

Sinto pena dele. Esse deveria ser um trabalho para o diretor Pinckney — é o discurso de Pinckney que Hruska está lendo. Mas Pinckney cancelou sua presença no último minuto, deixou o discurso com Hruska e trancou a porta do escritório. Ele passou as últimas três horas lá, brincando com um brinquedo de mais de 30 anos que O Motivador entregou-lhe em mãos esta manhã.

Um boneco do Boba Fett Caçador de Recompensas com lançador de foguetes.

Hruska praticamente tosse a frase seguinte:

— Também da turma da Sra. Sokolov... Oli... Oliver Watson.

O auditório para de respirar. Randy Sparks se engasga com a unha que estava roendo. Procuro parecer totalmente neutro e murmuro alguns educados "com licença", enquanto esbarro nas pernas das pessoas e atravesso o corredor no mais completo silêncio.

Um silêncio perfeito.

E então o mundo inteiro é chacoalhado por uma onda de *urros* primitivos, gargalhadas, *gritos*, risadinhas, *berros*, palmas e pés batendo no chão. Meus colegas de turma nunca viram algo tão maravilhoso. A sala estremece com a satisfação de cada um deles.

Tatiana, que é a rainha das mensagens dúbias, sorri de forma afetuosa e faz um gesto ofensivo quando eu passo.

Enquanto subo no palco, Liz e Jack me encaram, confusos. Hruska me olha com preocupação.

— Oliver — sussurra —, o que está acontecendo?

— Eu quero ser presidente de turma.

Ele franze as sobrancelhas, e seu olhar diz: "É bom que ninguém tente me culpar por isso." Então me dá as costas e volta para o microfone:

— Sua atenção, por favor. Sua atenção, por favor. Se todos puderem, por favor, se acalmar...

O som animalesco que vem da plateia não fica mais suave.

— Sua atenção, por favor. Sua atenção, por favor...

Mais vaias. Mais gritos. Mais gargalhadas. As vibrações do som são tão intensas que é difícil enxergar com clareza — como tentar ver através da fumaça da churrasqueira.

— Atenção. Atenção. Sua atenção, por...

Um grito ecoa da primeira fila:

— O que ele vai fazer? *Devorar* os outros candidatos?

Foi a gota d'água para o velhinho. Ele amassa o discurso, atira em uma sardenta que está concorrendo ao cargo de tesoureira da turma (e tagarelando como uma hiena) e grita com toda a força de seus velhos pulmões:

— Muito bem, suas aberrações. Calem-se e voltem já para a sala de aula!

Leva mais de meia hora para o auditório esvaziar.

Depois, naquela tarde, durante a aula da Sra. Magoffin, colocamos nossas carteiras em círculo e discutimos a grande notícia do dia: um perverso ditador africano foi deposto por uma rebelião democrática. O ditador quase não escapa com vida e teve de deixar grande parte de seus bens — e brinquedos — para trás.

Jordie Moscowitz levanta a mão e choraminga:

— O que essa coisa toda da África tem a ver com a gente?

No caso de Jordie, quase nada. Para mim, significa que agora sou apenas a quarta pessoa mais rica do mundo. Revoluções custam caro.

# Capítulo 11

## UM BREVE DISCURSO SOBRE O MAL

— O que é maldade? — pergunta você.

E eu respondo:

— Quem é você? Friedrich Nietzsche?

E você responde:

— Dãããã... quê? Eu não entende.

Então recoloco você na jaula.

Admito sem problemas que sou mau. Admito quando estou sozinho e ninguém pode me ouvir, pelo menos. Isso não quer dizer que eu maltrate gatinhos ou planeje o genocídio de uma nação; isso é loucura, não maldade. E a insanidade é o que chamamos de estupidez quando ela não faz sentido.

Sou mau porque realmente não me importo com o que é melhor para o mundo. Minha preocupação é com o que é melhor para mim. Particularmente, não respeito o planeta Terra nem os vermes bípedes que o infestaram.

Suspeito que existam mais pessoas perversas do que se admite. Elas não podem evitar.

Para minha sorte, sou um gênio e posso muito bem fazer tudo o que tiver vontade. E o que eu quero — e é isso que faz com que eu seja *totalmente* do mal — *é que os habitantes deste planeta me obedeçam*. Quero controle, quero poder. Quero que as coisas caminhem do meu jeito, quando eu quero e por quanto tempo eu quiser.[48]

E isso me deixa bem acompanhado: Napoleão, César. Também me coloca lado a lado a algumas figuras desagradáveis: Idi Amin, Stálin. Então, preciso repetir, esses dois últimos não merecem a honra de serem chamados de maus — não passam de doidos de pedra.

E é por isso que chamamos um ditador de Alexandre, o Grande, e o outro de Hitler, o esquisitinho de bigode.

A questão é que, quando eu chegar ao trono — e eu *chegarei* ao trono —, a vida das pessoas comuns não será muito pior do que é hoje em dia. Em alguns aspectos, vai até ser melhor. Por exemplo, eu vou proibir "Jingle Bell Rock", que todos os cientistas concordam ser a música mais chata

48. Ou seja, quero ter dois anos para sempre.

já escrita.[49] Por causa dessa lei, o Natal vai ser 200% mais legal!

— Mas por que ser mau? — pergunta você. — Por que você não pode simplesmente viver e deixar os outros em paz?

Para responder, recorro ao meu querido Captain Beefheart, um músico tão brilhante e tão mau que *levou sua própria banda à loucura*.[50] Ele não deixava que os outros comessem. Não deixava que dormissem. Não deixava que saíssem de sua casa. Fez com que usassem vestidos (e eles não eram garotas). Beefheart os privou de usarem seus próprios nomes e os submeteu a horas e horas de abusivas sessões de terapia em grupo. Quando um integrante deprimido e rejeitado da Magic Band conseguiu escapar das garras do capitão, Beefheart o perseguiu pela rua para *arrastá-lo de volta* para o estúdio.

49. A punição para quem for pego tocando-a envolve ser forçado a ouvir "Jingle Bell Rock" repetidamente.

50. Supostamente. Eu não estava lá — simplesmente li alguns artigos de revistas que podem ser grandes mentiras. Mas seria uma pena se não fossem verdadeiros.

Era cruel. Com certeza. Desumano. Sem dúvida. Perverso. De forma obscena. E, ainda assim, desafio você a ouvir *Trout Mask Replica* e concluir que não valeu a pena.[51]

Mas chega de discursos. Vamos voltar ao iminente mal.

Lá embaixo, na minha Central de Comando, eu e Sheldrake estamos sentados em poltronas de couro massageadoras enquanto lemos os dossiês que o departamento de pesquisa preparou sobre Jack Chapman e Liz Twombley. Estamos cercados por barulhos de *zapping* esporádicos; na passarela acima de nós, técnicos estão testando minha última invenção — o Electrolyzer, um gerador de hidrogênio. É como uma varinha que posso apontar para qualquer coisa e lançar uma descarga de energia. Explicando de uma forma que seu pequeno cérebro possa compreender: sabe quando você encosta em uma maçaneta e leva um choque? Com o Electrolyzer posso fazer qualquer maçaneta do mundo emitir choques, contanto que eu possa vê-la. A força transferida não serve para nada, mas acredito que a invenção terá alguma utilidade.

O dossiê sobre Liz é um pouco fino. O de Jack é fino também, mas completamente satisfatório. Vai servir bem.

51. Na verdade, *você* provavelmente *diria* que não valeu a pena. Volte para a jaula!

— Pesquisa — anuncio. — Estão todos liberados para ir ao cinema esta noite. Por minha conta.

De algum lugar das profundezas do meu covil, ouço uma dúzia de vozes em um sonoro e distante "Êêêê". Ninguém pode me acusar de ser avarento.

— Estamos prontos. Funciona.

Levanto o olhar. Um dos meus mais novos técnicos, um moleque vesgo e de cabelos rebeldes (o nome dele pode ser Chauncey?), se debruça na beirada da passarela, segurando a grade de metal com uma das mãos. Sua outra mão segura *ele* — o Electrolyzer.

— Já? — pergunto. — Você já realizou o protocolo de testes mil vezes?

Chauncey dá uma risadinha silenciosa. Ele usa o jaleco desabotoado, deixando à mostra uma camiseta do Jonas Brothers.[52]

— Desculpe-me, chefe, mas fui o primeiro colocado da minha turma do MIT. — Percebo que os outros técnicos, os que trabalham para mim há mais tempo, estão o mais longe que podem dele. — Não preciso testar uma coisa mil vezes para saber que ela funciona. Funciona.

52. Argh. Provavelmente ele faz isso por ironia, mas ainda assim: Argh.

— É mesmo? — digo. — Deixe-me dar uma olhada. — Faço um movimento para que ele jogue o Electrolyzer para mim. Ele lança o aparelho na minha direção, com cuidado. Lolli dá um salto no ar, parecendo um arco-íris preto e marrom, e segura o Electrolyzer com os dentes. Ela larga o bastão comprido de borracha e ferro no meu colo. Eu o examino cautelosamente para depois ligá-lo. Ele começa a soltar um zumbido e minhas narinas imediatamente se enchem com o odor de alumínio queimado do ozônio.

— Viu? — Chauncey diz. — Está em perfeitas condi...

Aponto para a viga na qual Chauncey está se apoiando e aperto o gatilho.

— Ai! — grita Chauncey, que solta a agora eletrificada viga e despenca quatro metros até cair no chão.

— Você está certo. Funciona — digo.

Chauncey faz uma careta e mexe o tornozelo, que parece ter torcido.

O som amplificado de alguém batendo na porta ecoa pela caverna. A voz de Papai sai pelos alto-falantes:

— Oliver, venha já para a mesa. Seu jantar está esfriando.

— Já vou, Papai — canto com doçura. Meu interfone está ajustado para que pareça que estou no meu quarto, a apenas alguns metros dele.

— Foi o que você disse há dez minutos. Não me faça derrubar essa porta.[53]

Sheldrake vira de lado e tosse. Ele está constrangido por mim. Subitamente, meus outros empregados parecem mais interessados no trabalho, como se não tivessem ouvido uma só palavra da conversa com meu pai. Todos sabem que se pego um deles rindo — até mesmo sorrindo — das minhas obrigações de filho, vão acordar amanhã dentro do saco de comida dos crocodilos do zoológico de St. Louis.

Meu pai me envergonhou diante dos meus empregados. De novo.

E eu gostaria de estar dizendo isso pela última vez. Mas, enquanto eu e Lollipop corremos até o elevador (posso sentir que Chauncey está sorrindo pelas minhas costas), sei que vai se repetir de novo, e de novo, e de novo. Até o glorioso dia, daqui a seis anos, em que eu puder clamar por meu trono.

Vou fazer isso custe o que custar, mas esta noite eu experimentarei a vingança pela primeira vez. Sento-me à mesa

---

53. Gostaria de vê-lo tentar. Um tanque Abrams não seria capaz de derrubar aquela porta.

de jantar em frente ao meu pai, vendo-o mastigar a comida por entre seus lábios finos e esperando pelo momento certo de soltar minha bomba.

— Quem você deveria ser? O fantasma roxo? — pergunta Papai.

Isso faz menos sentido do que grande parte das coisas que ele diz — o que quer dizer muita coisa. Ele larga o garfo e me dá um tapinha no ombro. Percebo que ainda estou usando minha capa.

— É uma fantasia — murmuro. — Da peça de teatro da escola.

Mamãe quase deixa cair a caçarola de macarrão.

— Você está na peça da escola, Docinho?

— Não — respondo. — Eles me deram a capa para que eu não incomodasse enquanto ensaiavam.

— Que bacana! — diz Mamãe. Ela afaga a capa, admirando-a. — Hmmm. É de seda?

— Não seja idiota, Marlene. Quem daria a ele uma capa de seda? — pergunta Papai, bufando, mas eu nem ligo. Bato meus tornozelos duas vezes e, como um gatinho, Lollipop sobe no colo dele e esfrega a língua áspera em seu pescoço. Seus belos dentes afiados encostam de leve na traqueia, na carótida e na jugular dele.

Papai não está mais bufando.

— Oliver! Controle seu cachorro! — grita, segurando com as duas mãos o prato, que serve de escudo (espalhando macarrão por todo o chão).

— Lolli ama você, Papai — exclamo, e então estalo meu tornozelo mais uma vez. Lollipop sai do colo dele e começa a devorar o macarrão que Papai deixou cair.

Mamãe passa a travessa para meu pai para que ele possa colocar mais comida no prato.

— Fizeram uma assembleia no colégio do Oliver hoje para anunciar quem está concorrendo ao conselho estudantil.

— Oh? — diz Papai e escolhe três dos menores pedaços de macarrão da travessa e passa para mim. — Quem acabou sendo indicado para presidente?

— Liz Twombley, Jack Chapman... — enumero enquanto ergo um Everest de macarrão no prato. — E eu.

— Não, você não — diz Papai, lançando um olhar sórdido para o meu jantar. — Lembra? Você não aceitou ser nomeado.

— Mudei de ideia. O Sr. Pinckney me colocou na votação. Agora estou concorrendo a presidente da turma.

— Você nunca me contou isso! — grita Mamãe, desabando. — Você não me contou! — Ela corre ao redor da mesa para me abraçar e beijar, algo deliciosamente terrível. Vou me arrepender amanhã.

Papai cospe no guardanapo o macarrão que estava comendo.

— Isso é... maravilhoso, filho.

— Vou ser alguém importante, Papai. Como você!

— Hummm... Sim. Bem, não conte com o ovo dentro da galinha. É um longo caminho da nomeação até o dia da votação.

— *É claro que ele vai vencer!* — Mamãe dá um grito estridente e enfatiza a confiança em suas palavras ao dar uma mordida na minha orelha direita. — *É claro que vai*! Quem poderia votar contra Oliver? Quem *ousaria?*

Meu pai toma um longo gole de água.

— Hum, é claro. É claro que votaríamos nele, querida — diz, não parecendo nem um pouco certo sobre isso. — Só não quero que Oliver fique desapontado se não conseguir... Marlene, o garoto precisa respirar.

Mamãe relaxa um pouco o braço que envolve meu pescoço. Inalo desesperadamente um pouco de oxigênio. Foi na hora certa — em mais alguns segundos um dos meus seguranças iria entrar pela janela para afastá-la. E seria complicado explicar algo assim.

Depois de um pouco de adulação, minha mãe se convence a voltar para seu lugar. Ela está sentada agora, as lágrimas escorrendo por suas bochechas enquanto enfia macarrão entre os maxilares sorridentes.

Papai me dá um tapinha tranquilizador.

— Filho, é muito corajoso o que está fazendo. Provavelmente, mais corajoso do que você pode entender. Então, hum... bem... é... boa sorte.

Encaro meu pai com um sorriso demoníaco.

— Serei como você, Papai. Igualzinho a *você*.

Meu pai vira de lado e tosse, cobrindo a boca com mão.

— Mmmb mmb mmmb mmmbm — tenta dizer Mamãe com a boca cheia de comida. Só mesmo sendo seu filho para identificar as palavras: "É claro que ele vai conseguir."

# Capítulo 12

## UM TELEFONEMA PARA O DEPARTAMENTO DE ATENDIMENTO AO CLIENTE DA CORPORAÇÃO LUXÚRIA[54]

(*O telefone toca e, em seguida, um clique*)

OPERADOR: Atendimento ao cliente. Esta ligação pode estar sendo gravada. Como posso ajudar?
HOMEM: Oi. Uhm... É que eu... Quer dizer, vocês têm...

(*Silêncio constrangedor*)

OPERADOR: Ainda está na linha, senhor?
HOMEM: Sim. É só que... Tenho uma pergunta meio estranha.
OPERADOR: Não existem perguntas estranhas quando o objetivo é satisfazer o cliente.
HOMEM: Sim. Certo. Bem, é que... vocês estão colocando mensagens nos cigarros?
OPERADOR: Mensagens?
HOMEM: Quero dizer, não em todos os cigarros. Só em alguns deles.

---

54. Anteriormente conhecida como Companhia de Tabaco J. H. Bruce.

**OPERADOR**: Se você está se referindo à mensagem do Ministério da Saúde, ela fica do lado de fora, na caix...

**HOMEM**: Não, não é isso. São mensagens impressas nos cigarros.

**OPERADOR**: Impressas?

**HOMEM**: Datilografadas.

**OPERADOR**: Como seria possível datilografar no filtro do cigarro?

**HOMEM**: Eu não sei.

**OPERADOR**: Como são as mensagens, senhor?

**HOMEM**: Como biscoitos da sorte do mal. Sobre, hum... tipo, trocar de desodorante. Ou começar uma dieta.

**OPERADOR**: Uh-huh.

**HOMEM**: Recebi uma hoje que dizia: PRONUNCIA-SE NA-BO-KOV.[55]

**OPERADOR**: Como é que é?

**HOMEM**: Foi um escritor. A mensagem explica como pronunciar o nome dele. Olha, eu ainda tenho o cigarro. Posso mandar para você.

**OPERADOR**: Por que você faria isso?

**HOMEM**: Para mostrar a você que está datilografado!

**OPERADOR**: Estou confuso. Você está tentando nos vender um tipo de máquina de escrever que datilografa mensagens em cigarros? Se for isso, você deve entrar em contato com o departamento comercial. O horário do departamento é...

**HOMEM**: Você realmente não sabe sobre o que estou falando, não é?

**OPERADOR**: Receio que não.

---

55. Pronúncia básica do russo. A ênfase é na antepenúltima sílaba.

(*Som de um homem xingando entremeado com sua respiração*)

**OPERADOR**: Hum, senhor, perdoe-me por perguntar, mas o senhor está tomando algum tipo de medicamento que possa alterar sua percepção da realidade...
**HOMEM**: Não estou tomando remédio algum!
**OPERADOR**: Entendo. Então o senhor não está tomando sua medicação. Tem algum médico ou familiar com quem possa entrar em contato...

(*Fim da ligação*)

# Capítulo 13
## FRUSTRADO

Algo estranho está acontecendo com meus colegas de classe. Tenho recebido olhares esquisitos durante toda a manhã. Não olhares cruéis, apenas *estranhos*. Na verdade, qualquer olhar é estranho, já que eles normalmente nem reparam que eu existo. Mas esses olhares são *especialmente* esquisitos. Quase tristes. E eles estão cochichando entre eles ainda mais que o de costume.

Não prestei muita atenção no início. Afinal, se você é o único humano no zoológico, não liga quando os macacos começam a jogar cocô uns nos outros.

Mas eu tinha acabado de esbarrar em Liz Twombley no corredor (o que, normalmente, seria uma experiência agradável) e, para minha surpresa, vi lágrimas verdadeiras escorrendo de seus olhos azul-porcelana.

— Machuquei você, Liz? — murmuro.

— Ah, Oliver! — arfa ela, toda engasgos e emoção reprimida. Ela joga umas das mãos sobre os anteriormente mencionados olhos azul-porcelana e corre para o banheiro feminino.

Definitivamente, algo estava acontecendo.

Cauteloso, fui para a aula de inglês. A sala é uma colmeia de ruídos que silenciam assim que eu entro. Todos estão me encarando, mas desviam o olhar assim que eu os encaro de volta. Todos com exceção de Tatiana. Ela abaixa seus óculos escuros cor-de-rosa de grife[56] e dá uma piscadela demorada para mim. Depois, com um marcador, escreve na parede: VOTE GORDUCHINHO.

O mistério aumenta quando chego ao meu lugar e vejo que Pammy Quattlebaum deixou um poema na minha cadeira.

**PARA UM ALUNO QUE MORRE JOVEM**

Por P. E. Quattlebaum

*Quando sua cadeira desabou*
*Ajudamos até que seu corpo levantou*
*Você caiu sobre madeira e tarraxas*
*E torcemos para que não deixasse marcas.*

*Uma simples marca seria agora tão doce*
*Quanto a geleia com a qual você besunta seu lanche...*

Tem mais, muitos mais, mas isso é tudo que consigo ler neste momento. Olho para Pammy, confusão e contrariedade

56. Ela ganhou os óculos da mãe, que foi a milionésima cliente de um banco da cidade.

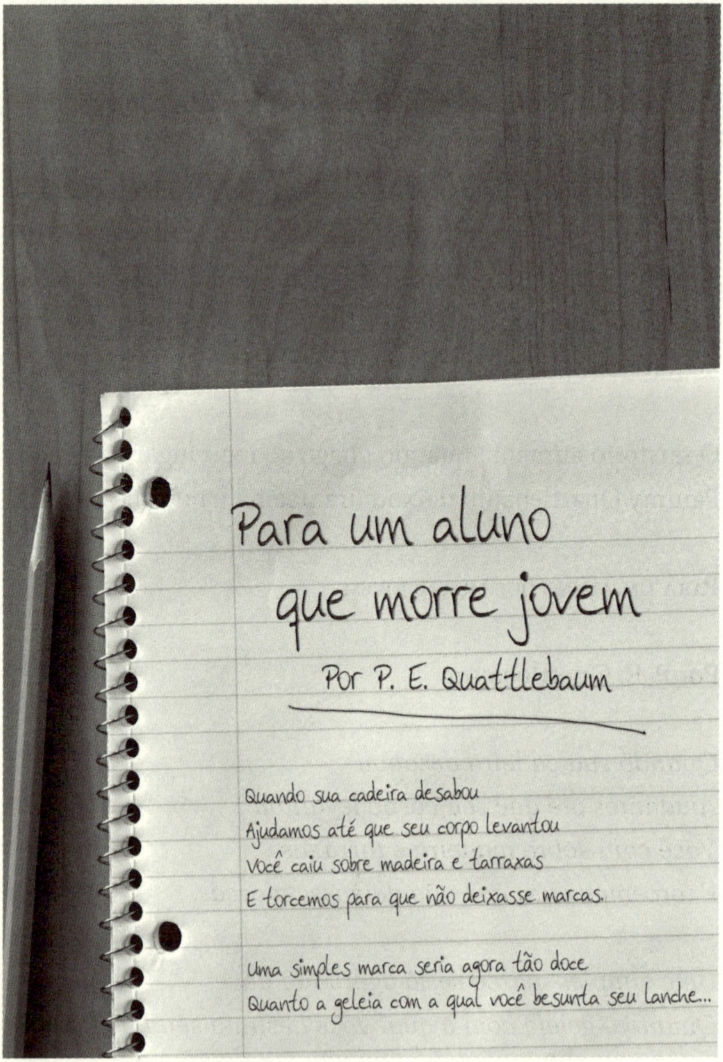


**IMAGEM 10:** Pammy Quattlebaum deixou um poema na minha cadeira.

(e, espero, alguma inteligência) estão estampadas no meu rosto. Ela apenas me olha de volta. Seus ridículos olhos esbugalhados estão repletos de simpatia até a borda.

Eu observo a sala. Os ridículos olhos de *todos* estão repletos de tanta simpatia que transbordam. Apenas Tatiana parece normal (no caso dela). Alegremente, ela arranha sua barriga definida e parece que vai explodir numa risada.

Moorhead chega, mas não passa da porta.

— Pammy, você poderia conduzir um debate sobre o significado simbólico da televisão em *Fahrenheit 451*?

— Claro, Sr. Moorhead.

Moorhead lança um doentio sorriso amarelado na minha direção.

— Oliver, gostaria de falar com você no corredor por um instante.

Enquanto sigo Moorhead para fora da sala, todos os olhares estão novamente sobre mim. Ele fecha a porta e ficamos sozinhos no corredor. Assim, tão perto, noto que seu cheiro não está tão tóxico como de costume. Ele seguiu meu conselho sobre o desodorante.

— Oliver, preciso dizer que, como todos, fiquei surpreso quando você decidiu concorrer a presidente.

Olho para ele genuinamente intrigado.

— Mas agora... Bem... Depois de tudo o que soubemos... e, você deve saber, que seu segredo vazou... Bem, agora faz muito mais sentido.

Para ele talvez faça.

— Saiba que estamos apoiando você. E não apenas na eleição. Em todos os dias em que um novo milagre da medicina for anunciado, um novo tratamento...

E, de repente, as coisas ficam claras e a resposta é um balde de água fria.

Eles pensam que eu estou morrendo.

— Existem remédios maravilhosos hoje em dia, remédios que eram inimagináveis quando você...

Esses idiotas pensam que eu estou morrendo! E pensam que estou concorrendo a presidente por causa de algum plano tipo "meu último desejo" para aproveitar ao máximo a vida. Tudo faz sentido agora — é a única forma que seus cérebros minúsculos encontraram para suportar minha decisão.[57]

57. Embora isso faça a atitude de Tati parecer mais insensível que o usual. Amanhã o banco vai ligar para a mãe dela, dizendo que, na verdade, ela é a cliente número 999.999, então precisam dos óculos de volta.

— Mas você precisa ficar animado. Otimista. Isso é o mais importante agora.

Mostro meus dentes: duas linhas de pérolas pegajosas.

— Meu pai diz que sou muito corajoso.

— Estou certo disso — diz Moorhead, enquanto suas reconfortantes lagartas repousam no meu ombro.

Randy Sparks, o Garoto Mais Ridículo da Escola, aproxima-se com um pedaço de papel na mão.

— O Sr. Pinckney quer falar com Oliver no escritório dele. — Ele se vira para mim: — Sinto muito, Oliver.

— Para de gritar comigo, Randy! — Cubro meus ouvidos com as mãos.

Randy dá um passo para trás, assustado. Moorhead sussura para ele:

— Ele está muito sensível neste momento. — Então Moorhead afaga minhas costas e diz: — Vá ver o que o Sr. Pinckney quer com você.

— Sim, Sr. Moorhead.

Ele faz um sinal de positivo com o polegar enquanto eu me afasto.

— Fique firme, amigo.

Até Randy quase começa a rir depois dessa.

Sigo até a sala de Pinckney completamente satisfeito. O danificado chão vermelho nunca pareceu tão acolhedor, os armários verde-vômito nunca pareceram tão vibrantes. Eu me sentia como se tivesse ganhado a eleição, e ainda faltava um mês para isso. Que dia "frabuloso"! Cada uma das crianças da minha turma votará em mim por compaixão, e também por engano. Tanta simplicidade, tanta elegância — nem eu conseguiria pensar em algo melhor. Isso só prova o que eu já disse: não é preciso ser gênio quando se está cercado por idiotas.

Cada coleguinha de escola que vejo só faz crescer minha felicidade. Lá está Jordan Moscowitz, parecendo inconsolável por ter bancado o valentão comigo um dia. E aquele ali é Alan Pitt — minha nossa, suas espinhas estão enormes hoje! Parece que alguém espirrou o conteúdo de uma lata de molho de tomate no rosto dele![58]

E, de repente, estou na porta do escritório de Pinckney. E ouço algo que transforma minha alegria de propaganda de refrigerante em fungo de pedra: a dura realidade.

Empurro a porta devagar, relutante. Meus piores temores se confirmam. Mamãe está ali, sentada, parecendo ainda

58. Talvez com isso ele aprenda a não fazer comentários maldosos sobre certos candidatos nas assembleias da escola. O dermatologista dele é um dos meus agentes.

mais disforme e derretida do que o normal. Ela chora copiosamente enquanto meu pai (sem se esforçar muito) tenta confortá-la.

— Oliver está morrrendo! — geme. — Morrendo!

— Não, ele não está, Marlene. Acalme-se...

Mamãe aponta para Pinckney e solta:

— Mas ele disse... — E então ela me vê. — Oliver!

Os cinco minutos seguintes se passam num borrão de abraços, apertos, beijos e chororô.

Depois de cada lenço de papel do escritório ter sido preenchido com um pouco de meleca, Pinckney tenta controlar o rumo do encontro:

— Naturalmente eu estava desconfiado desse boato desde o início. Nunca ouvi falar de uma doença chamada... — ele verifica suas anotações — ... lardonoma progressivo. Mas precisava ter certeza. E já que você me garante que Oliver não está doente...

Papai franze o cenho e diz:

— Nem um pouquinho. Ele acabou de fazer um exame médico e, fora o evidente problema de peso...

— Oliver está morrendo!

Meu pai chegou ao seu limite:

— Pelo amor de Deus, Marlene! *Todos* nós estamos morrendo!

O humor dela não está para lições filosóficas. Enquanto os dois se envolvem em uma confusão de lágrimas, ataques e desculpas, Pinckney me puxa para o lado:

— Serão feitos pronunciamentos em cada uma das salas de aula amanhã, informando sobre sua boa saúde. Não há motivo para isso interferir na sua candidatura...

Papai ouve essa parte por acaso.

— Ah, sim. Obrigado por trazer esse assunto à baila. — A discussão com minha mãe o deixou no limite. — Essa é uma *ótima* decisão, diretor. Ele não vai se sentir *nem um pouco* constrangido.

— Sem problemas — diz Pinckney, preferindo ignorar o sarcasmo. Então lança um olhar preocupado para um arquivo trancado às suas costas.

Depois de uma última rodada de beijos desajeitados, me mandam de volta para a aula. Aquele longo e sexy corredor vermelho, há pouco tão vivo e cheio de promessas, agora parece estúpido e sem vida. O mundo é vazio, traiçoeiro e pequeno.

A vitória saltitou em minhas mãos, como um passarinho recém-nascido.

E então Papai apareceu e bagunçou a coisa toda. Mamãe nunca teria desistido de mim, mas meu pai...

— Beefheart — dou o comando tomado pelo desespero. Depois de dez segundos de silêncio, ouço um clique... E então, em um incidente que nenhum eletricista da escola conseguirá explicar, as maravilhosas notas da minha nova música favorita, "The blimp", começam a ressoar no sistema de alto-falantes da escola.

Os armários dos dois lados do corredor vibram ritmicamente enquanto passo por ali a caminho da aula. Meu dia vai chegar.

# Capítulo 14

## O TEATRO DA MENTE DE OLIVER WATSON APRESENTA TRÊS ESPETÁCULOS PARA SUA DIVERSÃO[59]

### Escolha um vencedor!

(*Cenário: uma quadra pública de basquete. Hora: início da noite*)

(*Sons de aplauso, cumprimentos, meninos se despedindo*)

**OPERÁRIO 919**: Ei, garoto. Bom jogo.
**JACK CHAPMAN**: Obrigado.
**OP 919**: Você é o Jack, certo? Jack Chapman?
**JACK**: Eu não conheço você.
**OP 919**: Qual é o problema? Você não deve falar com estranhos? Bem, eu sou estranha, mas sou mulher, então relaxa...
**JACK**: Adeus.
**OP 919**: Pensei que você gostaria de ver algumas fotos que consegui.

59. Todas as transcrições são das gravações originais, palavra por palavra. Meus agentes usam dispositivos de gravação.

**JACK**: Não estou interessado em ver nenhu...

(*Som de folhas de papel sendo retiradas de um envelope*)

**JACK**: Ah, meu Deus.
**OP 919**: Aqui. Veja com calma.

(*Som frenético do folhear dessas mesmas páginas*)

**JACK**: Oh.
**OP 919**: É você, não é mesmo? Cutucando o nariz e comendo meleca?
**JACK**: Oh.
**OP 919**: Tirando com os dentes a sujeira de debaixo da unha?
**JACK**: Oh...
**OP 919**: Quem sou eu para dizer, mas você não está meio velho para isso?
**JACK**: Como você consegu...?
**OP 919**: Além do evidente risco para a saúde. Você pode pegar uma gripe ou coisa assim. Já pensou nisso?
**JACK**: Como você conseguiu isso?
**OP 919**: É uma história engraçada. Eu moro na Turquia. Ontem um cara me ligou dizendo que eu deveria entrar em um avião para Omaha. Tive de fazer umas cinco escalas até chegar aqui. Então, quando aterrissei, um outro cara me entregou esse envelope, junto com o seu nome, seu endereço e uma mensagem.
**JACK**: Mensagem...?

**OP 919**: "Desista da eleição para o conselho estudantil."
**JACK**: Por que alguém iria...?
**OP 919**: Não tenho ideia. Foi a coisa mais idiota que eu já ouvi. De qualquer forma, agora que terminamos, estou voltando para o aeroporto para pegar o primeiro voo para casa.
**JACK**: Espera! Alguém vai...?
**VOZ DE GAROTA** (*distante*): Bom jogo, Jack!

(*Som de folhas de papel sendo freneticamente recolocadas no envelope*)

**JACK** (*falsamente caloroso*): Obrigado, Shirelle! (*depois, baixinho*) Alguém verá essas fotos?
**OP 919**: Ninguém, se você desistir da eleição.
**JACK**: Certo. Tudo bem. Vou desistir! Vou desistir!
**OP 919**: Tente ver o lado positivo. Você agora tem motivos para deixar um hábito muito nojento. Então talvez, a longo prazo, estejamos lhe fazendo um favor.
**JACK** (*suspira*): Certo.
**OP 919**: Foi um prazer fazer negócios com você. Perdoe-me por não apertar sua mão.

(*Som de saltos agulha se afastando*)

(*Fim*)

O GAROTO ESTÁ NA JOGADA

(*Cenário: sala dos professores. Hora: meio da manhã*)

(*Ruídos típicos da sala dos professores*)

**MOORHEAD**: Oi, Lucy.
**SOKOLOV**: Mmmm.
**MOORHEAD**: Ainda está lendo (*pronuncia corretamente*) Nabokov, hein?

(*Som do livro sendo abaixado com relutância*)

**SOKOLOV**: Estou tentando.
**MOORHEAD**: Que maravilha. Café?
**SOKOLOV**: Eu não bebo café.
**MOORHEAD**: Pensei que pudesse ter mudado de ideia. Pessoalmente, acho que bebo demais (*risada desprezível*).
**SOKOLOV**: Nossa. Que terrível pra você.[60]
**MOORHEAD**: Bem... Aproveite seu (*pronuncia corretamente*) Nabokov.
**SOKOLOV**: Farei isso!

(*Som de sandálias de couro masculinas se afastando*)

**SOKOLOV** (*entre dentes*): Irritante.[61]

(*Fim*)

60. Eu estava bebendo leite com Quick de morango quando ouvi isso. Ri tanto que o leite saiu pelo meu nariz — isso não é incomum. Mas em seguida meus pulmões carentes de oxigênio sugaram o ar tão rápido que *engoli o leite de volta e ele saiu pelo meu nariz de novo*! Brincar com Moorhead e Sokolov é ainda mais divertido do que planejei!

61. Progresso. Anteriormente ela o teria chamado de imbecil.

(*Cenário: a cozinha de uma casa no subúrbio. Hora: tarde da noite*)

(*Som de alguém lambendo o recheio de um Oreo e uma janela se abrindo*)

**LIZ TWOMBLEY**: Uau! Você passou mesmo pela janela?
**O MOTIVADOR**:[62] Nenhuma passagem está fechada para mim.
**LIZ**: Você tem uma aparência engraçada.
**O MOTIVADOR**: Bem...
**LIZ**: Desculpe, isso foi grosseiro. Você não tem uma aparência engraçada. Mal dá pra notar.
**O MOTIVADOR**: Sugiro que você desista da eleição para presidente da sua turma.
**LIZ**: Isso é tão esquisito! Eu quase *desisti* mesmo, porque tem um menino na turma que sofre de uma doença provocada pela obesidade que está matando ele, mas, no fim, nada disso era verdade.
**O MOTIVADOR**: Sugiro que você desista...
**LIZ:** Mas eu não entendo como pode não ser verdade, porque ele continua totalmente gordo.
**O MOTIVADOR** (*tosse*): Ahm... Sério? Eu não acho que ele seja gordo.

62. O material para chantagear Liz é bem mais fraco que o que eu tinha para o Jack, então mandei O Motivador, meu agente mais confiável, para resolver a parada. Ele sabe persuadir por meio do medo. Nenhum ser humano é capaz de olhar para sua cara feia sem tremer de horror.

**LIZ**: Você tá louco? Ele é imenso!

**O MOTIVADOR**: É... Não... Soube que ele é poderoso. Bonitão.

**LIZ**: Hum. Acho que ele é meio bonitinho. Tipo aqueles peixes venenosos que incham; seria bom se pudesse ter um desses. Você quer a parte do biscoito do meu Oreo? Eu só como o recheio.

**O MOTIVADOR**: Sugiro que você desista da eleição para presidente da sua turma.

(*Som de folhas de papel sendo retiradas de um envelope*)

**LIZ**: Ai, meu Deus! Essa sou eu!

**O MOTIVADOR**: Sugiro que você...

**LIZ** (*risada satisfeita*): Sou eu, dançando de pijama, usando a escova de cabelo como microfone. Eu me lembro de fazer isso! Isso é tão constrangedor!

**O MOTIVADOR**: Sim, exatamente. Então, eu sugir...

**LIZ**: Quer saber de uma coisa? Imagine como seria embaraçoso se meus amigos vissem isso! Onde você conseguiu essas fotos? Tem mais?

**O MOTIVADOR**: Podemos conseguir um estoque ilimitado...

**LIZ**: Ai, meu Deus! E se a gente mandasse ampliar, do tamanho de um pôster, e colocasse por toda a escola? Seria tão constrangedor (*gargalhada de dez segundos*)!

**O MOTIVADOR** (*longa pausa*): Você sabe o que a palavra "constrangedor" quer dizer?

**LIZ**: Quer dizer hilário! Posso ficar com essas fotos?

**O MOTIVADOR**: À vontade.

**LIZ**: Eu serei totalmente humilhada!

**O MOTIVADOR**: E se eu oferecesse a você qualquer coisa no mundo em troca de desistir da eleição?[63]
**LIZ**: Qualquer coisa?
**O MOTIVADOR**: Qualquer coisa.
**LIZ**: Paz mundial.
**O MOTIVADOR**: Isso você não pode ter.
**LIZ**: Você disse qualquer coisa!
**O MOTIVADOR**: Menos isso.
**LIZ**: Hmmm... Um unicórnio de estimação.
**O MOTIVADOR**: (*desesperado*) Permissão para a Fase Quatro! Por favor, me dê permissão para seguir para a Fase Quatro!
**LIZ**: Com quem você está falando?

(*Outro instante de silêncio*)[64]

**O MOTIVADOR**: Droga.

(*Um instante de silêncio*)

**LIZ**: Isso está ficando chato.
**O MOTIVADOR**: Tá, tudo bem. Acho que vai funcionar (*então continua, todo amistoso*). Desculpa, eu deveria ter dito antes. Sou o médico do garotinho que está morrendo.
**LIZ**: Ele está morrendo!
**O MOTIVADOR**: Sim. E a única coisa que vai curá-lo é vencer a eleição do conselho estudantil.

63. Note a mudança para a Fase Três.

64. Permissão negada.

**LIZ**: Isso faz sentido.

**O MOTIVADOR**: Acontece que não vai funcionar se você contar a qualquer um, até mesmo aos pais dele. Entendeu?

(*Sirenes ao longe*)

**LIZ**: Claro. Não contar pra ninguém.

**O MOTIVADOR**: Nem mesmo aos pais dele. Ou você vai matá...

(*Sirenes estão bem mais próximas e barulhentas*)

**O MOTIVADOR**: Eles estão vindo para cá?

**LIZ**: Você acionou o alarme quando abriu a janela.

(*Instante de silêncio*)

**O MOTIVADOR**: Eu odeio você.

(*Som de botas com bico de metal arrebentando uma janela*)

**LIZ**: Tchau! Obrigada pelas fotos!

(*Fim*)

# Capítulo 15

## O MAL É CONSTRUÍDO, NÃO É NATURAL

Eu não sou apenas uma força destrutiva. Eu não só crio raios eletromagnéticos, venenos não rastreáveis e dossiês de chantagem. Por exemplo, uma vez inventei uma mãozinha para coçar as costas folheada a ouro; era *incrível* — acho que já mencionei essa invenção anteriormente. Às vezes eu também publico imitações dos quadrinhos do Archie, no qual Betty e Veronica dão um fora no idiota do Archie para dedicarem-se a idolatrar o grande Reggie. Porque eu acredito que existe um público que quer isso.

Mas caso eu não faça novas contribuições *construtivas* para a humanidade, a culpa não é minha. Nunca fui encorajado por causa desses empreendimentos.

Quando eu tinha cinco anos, fui de carro com a minha família passar uma semana na Flórida. Um amigo do meu pai, Don, tinha uma casa lá.

Passei um bom tempo do primeiro dia da viagem na praia, construindo um castelo de areia com a minha mãe, enquanto meu pai ficava sentado em uma cadeira lendo (*Veja*

**IMAGEM 11: Passei um bom tempo do primeiro dia da viagem na praia, construindo um castelo de areia.**

*Imagem 11*). Na maior parte do tempo, ele nem parecia estar nas mesmas férias que nós. Ele só ficava lá sentado, lendo, com seus óculos escuros e um boné de beisebol do Chicago Cups, tingindo seus ombros com listras vermelhas.[65] Mas em algum momento ele desviou o olhar do livro e, surpreso, viu nosso castelo.

— Uau, Marlene — disse ele. — É um castelo e tanto.

— Ollie fez a maior parte — respondeu ela, orgulhosa.

— Ora, vejam só — disse ele. — Ahn. — Ele pareceu verdadeiro, quase impressionado. Meu pai se levantou e andou

65. Culpa dele. Ele reclamou quando Mamãe começou a espalhar protetor solar na sua pele.

ao redor do castelo, devagar, ficando de joelhos para conferir um parapeito particularmente bem-feito. — Bom trabalho, Oliver. — E se virou para Mamãe: — Talvez ele seja arquiteto quando crescer. Às vezes, os que não têm o dom da palavra possuem as melhores habilidades espaciais.

— Ele tem o dom da palavra — disse Mamãe. — Ele só não é de falar muito.

É difícil para mim descrever o formigamento de prazer que senti durante toda a conversa deles. Provavelmente porque foi a única vez na minha vida que *senti* aquele formigamento. Deus me ajude, mas provavelmente é isso que Lollipop sente quando digo a ela: "Boa cachorra."

Não é doentio? Eu tinha cinco anos — idade suficiente para entender as coisas, e, ainda assim, uma parte de mim ainda queria agradar aquele palhaço queimado de sol. Acredito que os meninos são programados para admirar seus pais. Mas quando olho para trás, para essa fraqueza do meu ego de cinco anos, quase fico doente de verdade. Mas estou *livre* disso, felizmente.

Depois da falação pedante, Papai voltou para o seu livro. Em seguida, a maré começou a subir, chegando cada vez mais perto das paredes do meu castelo. Então comecei a trabalhar com a minha pá de plástico. Não fui a primeira criança a cavar um fosso em torno do seu castelo de areia para salvá-lo das ondas.

— Hora de ir embora, filho — disse Papai.

— Ainda não terminei.

— Mas você está só cavando buracos.

Sorri para ele.

— Estou tentando impedir que a água destrua meu castelo.

— Oh, Ollie — disse Mamãe. Ela parecia inconsolável. — A água do mar desfaz os castelos de areia de todo mundo. Eu lamento *muito*, querido.

Mas eu continuei cavando. Meu pai sorriu para ela e sussurrou:

— Deixe que ele termine. Vai aprender uma lição. Existem coisas que ele não pode controlar.

Mamãe vasculhou sua bolsa atrás de um biscoito para mim.

Levei mais uns dez minutos para terminar de cavar as trincheiras, os buracos e as estrias na areia.

Em seguida, voltamos para a casa do Don e jantamos sanduíches de carne defumada.

No dia seguinte, acordei cedo. Mal podia esperar para voltar para a praia. Eu queria sentir o formigamento novamente.[66]

Quando chegamos à praia, Papai passou alguns momentos ajeitando sua cadeira, estendendo sua toalha, esfregando aloe vera nos ombros. Então, finalmente, ele olhou em volta, inspecionando o horizonte como se fosse o rei todo-poderoso de algum conto de fadas. Foi quando ele notou o meu castelo, a quase vinte metros dali. Estava imaculado. Perfeito. Não havia sido tocado por uma única onda.

Mamãe estava muito feliz por mim e imediatamente sugeriu que construíssemos uma torre bem grande no centro do castelo. Mas meus olhos estavam fixos no meu pai. Por algum tempo, ele não disse nada. Circulou o castelo mais uma vez, como fizera no dia anterior, examinando-o com mais atenção ainda. Como se quisesse provar que era realmente o mesmo castelo.

Acho que eu esperava que ele dissesse algo como: "Uau, Ollie." Ou: "Bom trabalho, filho." Teria até aceitado um "Bom cachorro".

Mas o que ele disse foi: "Mas que diabos?!" E, quando ele finalmente olhou para mim, o que eu vi não foi o legítimo orgulho de um pai. Seus pequenos e finos lábios haviam ficado transparentes, pois todo o sangue fugiu do seu rosto. Suas narinas estavam tão largas quanto moedas

66. Senti gosto de vômito ao digitar essas palavras. *Vômito.*

de um dólar; meu pai parecia um gorila sentindo o cheiro de pólvora. Seus olhos arredondados se estreitaram em uma fenda invejosa e desconfiada.

O que eu vi foi medo. Horror. Ele se sentiu *ameaçado* por mim.

Eu tinha acabado de desenvolver um sistema de engenharia hidráulica totalmente novo (usando areia) — um sistema que poderia facilmente manter os países costeiros de todo o mundo protegidos de furacões, ciclones e de qualquer outro absurdo que a natureza nos jogasse —, e a reação do meu pai não era apenas de *descrença*, mas de *repugnância*. De *horror*.

Ele estava apavorado porque eu poderia, de alguma forma, *superá-lo*. Não importa o quanto se lamentava porque o filho era uma decepção, um idiota; seu ego não podia suportar um filho que fosse *melhor* que ele.

Foi quando entendi que eu estava destinado a desapontar meu pai ou aterrorizá-lo. Não haveria meio-termo, nem nada tão macio e suave quanto o "orgulho".

Mas foi também quando eu percebi que não me importava.[67] E ainda não me importo. Não preciso da aprovação dele. Não preciso do seu amor. Tenho a minha genialidade

67. Certo, sei que dei a entender que decidi não ligar mais para o meu pai quando era um bebê, mas esse foi o momento em que eu percebi, de verdade, que não ligava para ele. Para sempre.

para me manter aquecido. E com certeza eu não preciso *construir* mais nada para provar a ele que sou capaz.

Papai recostou-se na sua cadeira e, mais uma vez, começou a ler; depois de dizer algo sobre "casualidade" e "uma chance em um milhão".

Derrubei o castelo e passei o restante do dia quebrando conchas do mar.

E foi mais ou menos isso que fiz desde então.

# Capítulo 16

## RETRATO E UM PARALELO HISTÓRICO

Em 1936, uma empresa germânica terminou de construir o LZ 129 Hindenburg. O *Hindenburg* foi um zepelim — basicamente, um dirigível com ego. Era tão grande quanto o *Titanic*, mas voava.

Infelizmente, não para sempre. Em 1937, quando estava próximo de pousar, o *Hindenburg* pegou fogo, provocando a morte de 36 pessoas e dois cachorros (*Veja Imagem 12*). Um locutor que estava no local ficou tão comovido com aquela carnificina que começou a descrever algo que pode ser um dos melhores poemas que já atravessaram as ondas de rádio norte-americanas: "Fumaça e chamas agora... a estrutura está atingindo o solo... É uma das piores catástrofes do mundo. É um acidente terrível, senhoras e senhores... Oh, a humanidade!"[68]

Embora nada tenha sido provado, sempre se especulou que o que aconteceu com o *Hindenburg* não foi um acidente. O *Hindenburg* era a maior e mais famosa coisa que já tinha

68. Ele falou muitos palavrões também, mas o rádio nunca divulgou essa parte da gravação.

**IMAGEM 12: Em 1937, quando estava próximo de pousar, o *Hindenburg* pegou fogo, provocando a morte de 36 pessoas e dois cachorros.**

voado — e quando você é grande assim, e tão famoso, está marcado para fazer inimigos.[69]

E é por isso que o disfarce sempre foi tão importante para mim. Por isso fiz tudo o que pude para passar despercebido na escola, sendo completamente desinteressante e sem graça aos olhos dos outros alunos. Quando

69. Não ajudou que Hitler — aquele esquisito de bigode — tivesse insistido para que o zepelim fosse decorado com suásticas. Ele tinha *muitos* inimigos.

você chama atenção para si mesmo, coisas perigosas podem acontecer.

Por exemplo: Liz Twombley está me abraçando. Ferozmente. Freneticamente. Em plena lanchonete. A mão esquerda dela está enganchada na parte de trás da minha cabeça, amassando meu rosto em seu corpo. Como Liz tem uns trinta centímetros a mais do que eu, até você pode imaginar.[70] Fico preso em uma teia de humilhação e alegria.

— Ah, Oliver — entoa ela. — Você vai ser o melhor presidente de turma de todos os tempos. — O grupinho dela (Megan Polanski, Shiri O'Doul e Rashida Grant) continua sentado na Mesa dos Populares, assistindo à cena desprezível, boquiaberto de horror. Luto para me soltar dela, mas não consigo me decidir o quanto realmente devo lutar.

— Cuidado, Bafo de gordura — diz Tatiana, sarcástica, ao passar na nossa frente com uma barra de chocolate. — Você pode sufocar.

Isso me faz tomar uma decisão. De alguma forma, encontro forças para empurrar Liz, escolho as palavras adequadas para agradecer ("Seu casaco tem um cheiro indistinto") e corro até a mesa, onde Randy Sparks está à minha espera com uma fatia de pizza — esquecida — na metade do caminho até sua boca.

70. Essa aí tem um forte instinto maternal.

Liz me dá um último e demorado olhar e volta para seus amigos. Sem falar nada, sem trocar não muito mais que um olhar ou gesto, Megan, Shiri e Rashida se levantam e mudam de mesa. Mais um golpe da crueldade escolar. A garota que me tomou em seus braços era a Garota Mais Popular da Escola. A garota que me deixou ir não era ninguém.

Liz é apenas uma das vítimas da minha carreira política. Hoje de manhã, Jack Chapman declarou que iria sair da disputa para se dedicar aos estudos.[71]

Houve também um aumento considerável do nível de flatulência na minha turma. Com meu novo status, tornei-me um ímã para valentões, até mesmo para os sem experiência; suspeito que Pistola, Bardolfo e Nym estejam agora com um estoque baixo de dardos. Ontem Alan Pitt — o idiota que fala demais e tem problemas de pele — me empurrou contra um armário com tanta força que quase quebrei um dedo. Meus empregados encheram-no de dardos de Lazopril, mas era tarde demais para surtir efeito. Dez minutos depois, na aula de História, ele fedia tanto que pensei que os gases pudessem derreter as espinhas do seu rosto.

Ainda assim, valeu a pena. Mais uma vez, eu venci.

Randy Sparks conseguiu se recuperar a ponto de engolir o queijo que pendia em sua boca. Ele me dá um sorriso encorajador.

---

71. Pelo menos isso faz sentido. Liz disse que estava desistindo para "passar mais tempo com a família".

— Acho que você vai ser o presidente agora, Ollie.

Escavo meu bolso freneticamente e puxo uma nota de um dólar engordurada. Empurro o dinheiro sobre a mesa para ele.

— Certo, tudo bem. Aqui — digo. — É tudo que eu tenho.

Randy parece confuso.

— Eu não quero o seu dinheiro.

— É tudo que eu tenho! — grito. — Amanhã eu trago mais!

Ele me lança um sorriso nervoso e olha ao redor para conferir quem tinha ouvido.

— Não. Pegue de volta. É seu.

— Tudo bem, tudo bem! Vou roubar dinheiro da minha mãe e dar pra você!

— Mas eu não quero... — Uma das musculosas mãos da Srta. Broadway empurra Randy; ela é a nova e gigantesca professora de matemática.

— Deixe ele em paz — ordena ela.

— Mas eu não estava... eu não quero o dinheiro dele. Não sei por que ele achou que... — protesta Randy, mas o olhar no rosto da Srta. Broadway o silencia.

— Sinceramente, Rudy, eu esperava mais de você.

— Randy — diz ele, irritado.

— Qualquer que seja o nome que você escolheu hoje — diz Broadway, se recusando a ceder. — Agora passe para outra mesa. E se eu o vir incomodando Oliver de novo, farei uma queixa contra você.

Randy suspira[72] e sai da lanchonete, deixando sua comida para trás. Será que eu peguei pesado demais dessa vez? Mas inconveniências como Randy Sparks não deveriam ser encorajadas, e, como não há meio de me desculpar com ele, opto pela segunda melhor coisa que poderia fazer: termino de comer a fatia de pizza dele.

Coincidentemente, é noite de pizza na casa dos Watson (Mamãe queimou o suflê de atum) e estamos todos nos servindo de uma grande caixa do Big Fred.

Papai está mordiscando sua fatia, coberta de pepperoni (que eu acho nojento).

— Então — pergunta ele, tentando externar alguma coisa que se assemelhe a empolgação —, como vai a campanha?

72. É a sua assinatura sonora.

Esperei pacientemente durante todo o seu sermão do jantar (tema de hoje: "Vamos fazer com que os políticos lutem nas guerras!") até ter essa oportunidade.

— Eu sou o presidente — digo, com a boca cheia de anchovas e pimenta.

Como sempre, Papai tenta me contradizer:

— Não, primeiro você precisa ser eleito.

E é quando jogo a bomba:

— Nananinanão, Papai. Liz e Jack desistiram, então sou o único candidato — digo bem devagar. Assim saboreio o momento e tenho certeza de que ele está me ouvindo direito. — Então agora sou presidente. Igualzinho a você.

O objetivo de uma bomba é conseguir uma explosão. Mamãe explode, já se levantou e está me abraçando — no estilo de Twombley, nitidamente me amassando. Mas não era essa a explosão que eu queria.

Estou prestando atenção em meu pai, ali sentado, o olhar vago, afagando os óculos e parecendo preocupado. Confuso. Em quais dolorosas verdades ele estará pensando agora? Que tipo de novo e invejoso respeito está tentando penetrar em sua consciência? Ele abre a boca. Lá vem. Lá vem...

— Desculpe, Oliver.

Não.

Ele deveria estar encarando seu prato, reavaliando sua juventude e percebendo o quanto suas conquistas no colégio foram insignificantes agora que eu posso me igualar a ele.

Ou ele deveria estar olhando para mim com admiração. Sentindo-se realizado. Deveria estar acarinhando minhas costas, dizendo do fundo do seu coração orgulhoso: "Bom trabalho, filho." Não que eu queira isso.

Ou ele deveria estar chorando. Simplesmente chorando. Chorando seria bom.

Mas não *aquilo*. Não *pena*.

— Oliver ganhou! — diz Mamãe, confusa.

— Não, querida. Oliver vai ser presidente de turma, mas ele não ganhou nada — diz Papai. Ele dá um sorriso pesaroso, o que significa que está prestes a ensinar uma valiosa lição. — Acho que Oliver entende o que estou dizendo.

Pela primeira vez na vida, Oliver não tem a menor ideia.

— Vivemos em uma *democracia*. — Ele pronuncia a última palavra como se fosse algo sagrado. — E o mais importante em uma democracia não é *vencer* uma eleição, é *participar* dela. O confronto. A campanha. Quero dizer, se você simplesmente caiu por acaso no cargo, bem... É ótimo estar em tão alta conta com seus amigos. — E nessa parte ele dá uma piscadela condescendente para mim. — Mas, na verdade, você não ganhou coisa alguma, ganhou? É uma situação que veríamos em um país comunista. Ou em algum país sem lei no qual as eleições são arranjadas. A minha vitória teria sido tão importante se eu não tivesse derrotado Louis Goldberg? Não teria sido uma vitória de verdade. A beleza do sistema norte-americano é seu cadinho de ideias. Duas pessoas, ou mais, sendo jogadas no ringue e tendo que conquistar os corações e as mentes de seus concidadãos... É isso que mantém o governo forte. E é isso que mantém o governo *estudantil* forte.

Acho que o meu coração parou de bater.

Meu Deus. Ele realmente acredita nessa palhaçada. E, no seu ponto de vista, eu não havia conquistado *nada.*

Será que ele pensa que bonecos do Boba Fett com lançador de foguetes crescem em árvores?

Mas ele convenceu um espectador do seu discurso.

— Desculpe, Oliver — diz Mamãe. — Eu não tinha entendido... Talvez você concorra com alguém no próximo ano. — Ele dá seu sorriso mais amoroso para mim.

Papai me dá um soco brincalhão no ombro.

— Acho que simplesmente não era pra ser, certo, campeão?

Assinto e tento engolir a saliva, mas parece que estou engolindo pó de giz. Sinto meu rosto congelando até se tornar uma máscara sem expressão. *O que eu preciso fazer para impressionar este homem*?[73]

Bato meu pé esquerdo no chão uma vez...

Meus órgãos começam a derreter por dentro — eu posso sentir — e se fundir em uma pasta de lava quente. Ela ameaça ser expelida da minha boca direto para aquele sorriso nojento dele.

Bato meu pé esquerdo novamente...

Posso sentir meu cabelo congelar até queimar. O gelo perfura meu cérebro.

Bato meu pé pela terceira vez...

— Por que ela está fazendo isso? — pergunta Papai, preocupado.

Ele olha para baixo, para Lolli, que está encarando meu pai com um ódio que ele jamais vira. Parece que ela engoliu

73. Não que eu me importe.

uma serra elétrica. Suas narinas estão infladas e espumando. Os olhos dela estão tão insípidos e mortos quanto duas moedas sujas.

— Ela precisa dar uma volta — digo.

— Ela saiu antes do jantar — diz Mamãe.

— Ela precisa dar uma volta — repito e fico de pé. Minha fiel vira-lata, minha adorada e leal cachorra me segue pela porta.

Lollipop precisa dar uma volta? *Eu* preciso dar uma volta.

Preciso me acalmar antes que, acidentalmente, eu bata o pé pela quarta e última vez — e Lollipop faça algo que nenhum de nós poderia desfazer.

Mais do que isso: preciso de um oponente.

# Capítulo 17
## ESTOU DE PÉSSIMO HUMOR

Você gosta de videogames?

Claro que gosta.

Então vem. Você vai *amar* esse.

Sabe aquele jogo no qual você usa uma guitarra de plástico e aperta botões que fazem o pequeno guitarrista na tela tocar a música que você escolhe? Esse jogo é parecido, mas melhor.

Estou sentado no anfiteatro, uma parte da minha Central de Comando que não frequento muito. Estou jogando com uma guitarra de plástico. Há uma grossa cortina no meio do ambiente. Atrás dela, meus técnicos estão terminando de montar o jogo.

— Pronto, senhor — diz Chauncey, o técnico (que tem sido bem mais respeitoso ultimamente).

— Excelente! Vamos começar!

Chauncey puxa a cortina de veludo, revelando duas pilhas com os maiores amplificadores que você verá na vida. Uma marionete paira no ar entre as duas caixas. O mais interessante em relação à marionete é que é uma pessoa de verdade. Um menino de 14 anos, na verdade, usando seu pijama de *A Super Máquina*. Tem um saco sobre a cabeça dele.

E mais um detalhe: tem uma guitarra amarrada ao peito dele.

— Retirem o saco — ordenei. Um técnico puxa uma corda e o saco é puxado até as vigas. Ora, vejam! A marionete, na verdade, é Alan Pitt! Estou surpreso que tenham conseguido colocar o saco sobre seu rosto com aquelas espinhas todas. — Oi, Alan! — digo, perfeitamente amistoso. — O que você quer jogar primeiro?

— Quem é? — diz Alan, que ainda usa uma venda sobre os olhos. — Onde estou? O que está acontecendo?

— Estamos brincando. De que tipo de música você gosta? Você é um cara rock clássico? Você parece ser um cara que curte rock clássico.

Ele gira a orelha cor-de-rosa na minha direção.

— Eu conheço essa voz. Você é da minha escola. Quem é? Parker Albanese? É porque joguei seu iPod na descarga do banheiro?

— Não... — respondo pausadamente. A tensão que paira no ar é deliciosa.

— Randy Sparks? É porque fiz xixi no seu armário da educação física? Vou acabar com você...

— Talvez...

— Ted Philips? Você *achou* que eu chutei sua bunda da última vez. Foi só um aquecimento. Ou talvez seja aquele garoto gordo que bebe pudim de chocolate de canudo. Cuspi no seu cabelo um dia. Você sabia?

Decido começar com uma música do Cream, "Tales of Brave Ulysses".[74] Realmente gosto do que Clapton faz com a guitarra nessa música, ainda que grande parte do que ele fez depois disso me dê dor de barriga.[75]

Quando as primeiras notas, serenas e assustadoras, saem dos alto-falantes e Jack Bruce começa a cantar sobre "peixes brilhantes e roxos", meus dedos tocam, delicadamente, os botões do meu controle. As cordas atadas à marionete entram em ação, forçando Alan a dedilhar a guitarra com delicadeza.

---

74. O homem não vive apenas de Beefheart.

75. Vou omitir também o mau uso do termo *bravo* para descrever Ulisses. Veja a Odisseia — ele é sempre chamado de "astuto", nunca de "bravo Ulisses". Eu o respeito por isso, a propósito. Qualquer idiota pode ser bravo.

— O que... Ei... Isso é um...

As baquetas de Ginger Baker provocam um ESTRONDO, como se fossem o Martelo de Deus, e Eric Clapton inicia uma batida quase feia em um solo de guitarra interminável. Meus dedinhos suam os botões enquanto tento acompanhar.

A marionete está fazendo umas coisas *realmente* impressionantes agora — sacudindo para cima e para baixo, estremecendo, dedilhando, chutando, girando uma volta completa.

Em um momento, quando acertei certo número de notas seguidas, a marionete foi puxada para lados opostos, rasgando o pijama de Alan.

— Aii! Quem tá fazendo isso? Para! — Essa é a marionete falando. Ela não para de dizer essas coisas, não importa o botão que eu aperte. Talvez, se eu tocar por tempo suficiente...

Sheldrake se junta a mim na metade de "Sweet Jane". Abaixo o volume da música para que possamos nos ouvir tocando. Lollipop, que está enroscada no peito do meu pé descalço, geme com simpatia; ela está usando fones de ouvido com cancelamento ativo de ruído que eu inventei especialmente para ela, mas sei que eles não bloqueiam o som por completo.

— Quer jogar? — pergunto.

Sheldrake dá uma olhada de rabo de olho para a marionete.

— Não quero criticar, mas você está torturando uma criança.

Dou uma bufada.

— Ele é mais alto que você. Mais pesado também.

Mas Sheldrake balança a cabeça.

— Não, não sei jogar videogame. A propósito, parabéns!

— Por quê?

— Pela eleição?

— Ainda não acabou. — Meus dedos escorregam pelos botões suados e gordurosos.

— Como assim?

— Papai diz que eu não posso vencer se não tiver um oponente.

— Oh — diz Sheldrake. — Quando foi que ele...

— Hoje à noite.

Sheldrake me olha de um jeito engraçado. Depois se volta para a marionete também de um jeito engraçado.

— É sério, me desculpa! — grita a marionete. — Seja quem for... Apenas pare com isso! Vou ser bonzinho!

Sheldrake apoia a mão no meu ombro.

— Talvez você deva jogar isso quando estiver menos... — ele procura pela palavras certas — ... estressado.

— Mas eu quero jogar agora.

Ele alcança o controle.

— Mudei de ideia sobre jogar — diz Sheldrake.

Mas eu não quero dar o controle para ele.

— Mudei de ideia sobre dividir o controle.

Também sou fã de Lynyrd Skynyrd. Suas músicas são repletas de solos de guitarra brutais e devastadores. Termino o jogo tocando cada uma das faixas dos primeiros três álbuns da banda.

# Capítulo 18

## O QUE VOCÊ ESTÁ OLHANDO, CABEÇA DE BAGRE?

Desculpa. Simplesmente tive vontade de dizer isso.

Durmo muito durante a aula. É meio que esperado. Parece que ninguém se incomoda com o fato de crianças idiotas dormirem muito mais que as inteligentes. Mas tudo depende de quem é a criança idiota em questão. Algumas precisam fazer tarefas em casa ou têm de tomar conta dos irmãos menores, ou os miseráveis dos pais brigam o tempo todo e não as deixam dormir. Algumas crianças são apenas idiotas e ficam acordadas a noite toda vendo TV. E algumas delas trabalham até tarde, controlando impérios globais secretos.

Grande parte dos professores fica feliz em deixar os piores alunos dormirem, assim seus melhores alunos podem aprender. Mas não é o caso de Lucy Sokolov.

Ele está me golpeando com uma trena. É o primeiro dos meus sentidos que desperta — eu *sinto* a trena nas minhas costelas. Então *ouço* os babuínos ao meu redor rindo, e a voz fina e ácida de Sokolov se sobrepõe aos ruídos: "Acorde. Agora."

Quando abro meus olhos vejo Tatiana, virada de lado, sorrindo para mim como uma boba de sua mesa.

Mas aquilo tem um significado: ela está sorrindo de forma afetada, não gargalhando. Não como os animais. Consigo sentir o *cheiro* dela — doce e barato: amaciante, chiclete e brilho labial —, o odor me envolve, mete suas garras pela minha garganta. De repente, posso sentir o *sabor* da saliva na minha boca, alcalina e faminta. E isso me lembra o quanto estou com fome, para começo de conversa.

Então Sokolov fica entre nós e estraga tudo.[76]

— Levante a cabeça da mesa — ordena ela. Concordo com um movimento brusco (um pouco de baba escorreu da minha boca). Sokolov pega a lista de presença. — Watson, Oliver — lê. — Aqui.

Como eu odeio a sala de aula.

Randy Sparks, o Garoto Mais Ridículo da Escola, está apontando um lápis. Sokolov lança um olhar rápido na direção dele e rapidamente ordena:

— Randy Sparks, por favor, vá para a frente da sala.

Quando diz, "por favor", ela soa bêbada e cruel, parecendo alguém sentenciando um bebê à pena de morte.

76. Ela tem cheiro de sabonete e chá de ervas.

Intrigado, Randy olha para Sokolov. Em seguida, desesperado para agradar, como sempre, ele anda até a frente da sala e se vira para encarar a turma. Ele tem um sorriso estranho e esperançoso no rosto. O que estava acontecendo?

A Sra. Sokolov diz:

— Sua braguilha está aberta.

Todos na sala param de olhar para o rosto de Randy e começam a olhar para o seu púbis. A braguilha dele não está simplesmente aberta... está *escancarada*. E sua cueca não parece estar muito limpa. Os dedos de Randy se atrapalham enquanto puxam o zíper teimoso de volta para cima. E então nossos olhares voltam para seu rosto. Ele está tão ruborizado que parece que alguém enfiou sua cabeça na calda que usam para fazer maçãs do amor. O sorriso ainda está nos seus lábios, congelado, mas agora é o sorriso mais triste e mais desesperado do mundo.

Ele realmente parece que vai começar a chorar. Ele está tendo muita dificuldade para decidir não...

Então o sinal toca e ele sai correndo pela porta. Eu tenho vontade de sair correndo também, mas fico entalado na minha carteira por um breve momento e, quando consigo me soltar, Tatiana está bloqueando meu caminho. Ela se encosta de forma negligente na parede, como uma vilã de filme B, descascando o esmalte cor-de-rosa do seu polegar esquerdo. Ela não se dá ao trabalho de olhar para mim.

— Vai a algum lugar, Gorduchinho?

— Geometria.

— Esquece a geometria. Você vai até o topo, Barrigudinho. O topo. — Ela aponta o queixo incrivelmente fino na minha direção. — Estou feliz que tenha dado tudo certo para você. Pena que meu pequeno truque não tenha funcionado.

Arregalei os olhos para ela. De que truques ela estava falando?

Ela retribui com um sorriso sorrateiro.

— Veja bem, é como se eu fosse a sua coordenadora de campanha secreta. Fui eu quem disse para todos que você estava morrendo. Assim votariam em você, sacou?

Ah! Então foi Tatiana que espalhou o boato! Eu devia ter adivinhado! Meus colegas de classe são idiotas demais para inventar uma história tão engenhosa sem um mentor os orientando na direção certa. Pequenas engrenagens no meu cérebro começam a funcionar corretamente — dá pra entender por que ela estava tão contente enquanto o restante da turma sentia pena de mim.

Ela para, reconsiderando.

— Na verdade, contei apenas para três pessoas. Elas contaram para as outras. É assim que funciona com os boatos.

Aquilo era impressionante, até mesmo para Tatiana. Poucos estudantes do ensino fundamental têm um conhecimento tão avançado sobre a arte de espalhar boatos.

Lanço um olhar preocupado para Sokolov, que está sentada na frente da sala com o nariz enfiado em um livro.[77] Tati segue meu olhar.

— Você acha que aquela coisa ali se importa com o que estamos conversando?

Fico chocado com a capacidade dela em desumanizar La Solokova.

— Provavelmente ela é a sua professora favorita — comento.

— Como é? Porque ela é sórdida? Não — diz Tati enrugando o nariz. — Ela não é nada. Não passa de uma mola quebrada que espeta sob o estofado. Você se machuca quando senta nela, mas não por culpa da mola. Simplesmente *é* assim. Ela não é má. É apenas quebrada.

77. Ela tem um tempo livre, mas não vai mais para a sala dos professores.

Tatiana elevou consideravelmente a voz para essa conclusão. Talvez "aquela coisa ali" não ligue para o que estamos conversando, mas percebo que seus olhos brilham por trás do livro.

Tatiana tira alguns pedaços de esmalte do polegar.

— Fique sabendo: estou de olho em você.

De algum jeito, consigo balbuciar:

— P-po-por quê?

Dessa vez, ela sopra o esmalte solto no meu rosto.

— Porque ninguém é tão idiota quanto você faz parecer.

Duas coisas me ocorreram enquanto eu corria para a aula de geometria, cinco minutos atrasado:

- Tatiana é muito observadora.
- Devo a ela um par de óculos escuros.

Na aula de geometria, me espremo em meu lugar enquanto a Srta. Broadway olha fixamente para mim. Hora de colocar meu último Grande Plano em ação. Primeiro passo: *Conseguir um Pateta para Concorrer Comigo ao Cargo de Presidente.*

Olho ao redor para ver o que Randy está fazendo, mas parece que ele não vem a essa aula hoje. Acho que ele está esperando a humilhação ficar um pouco para trás.

Grudado na parte inferior da mesa, tem um prospecto esperando por mim. Tiro o papel dali e começo a ler. É uma pequena investigação sobre Scott Sparks, o Contador Mais Ridículo de Omaha (*Veja Imagem 13*).

Porcamente graduado em uma faculdade ruim. Porcamente contratado por uma firma de auditoria. Sem vida social. A mulher foi embora há cinco anos. Um filho.

Sparks e o filho vivem em uma casa alugada na Dundee Boulevard. O gramado está descuidado, e as fotos da casa que foram tiradas pelo meu Empregado Pesquisador (que estava fingindo ser um detetizador) representam as profundezas do inferno da classe média baixa. Poeira para todo lado. Garrafas de refrigerante abandonadas e migalhas de pizza em todas as superfícies lisas. Torres de arquivos e os antigos papéis de declaração do imposto de renda preenchiam metade do chão, e os Spark precisam andar em meio às estreitas passagens criadas por eles para chegar ao banheiro (*Veja Imagem 14*).

Uma luz no fim do túnel: a bicicleta moderníssima e brilhante que Scott comprou para o filho no Natal. Randy pedala por horas depois da escola. Scott sempre pede que o filho traga a bicicleta para dentro da casa à noite, após ele já ter pedalado o suficiente, mas, muitas vezes, Randy simplesmente encosta a bicicleta na frente da casa. As pessoas, em geral, são descuidadas com as coisas que mais amam.

**IMAGEM 13**: **Scott Sparks,**
**o Contador Mais Ridículo de Omaha.**

**IMAGEM 14: Fotos da casa que foram tiradas pelo meu Empregado Pesquisador representam as profundezas do inferno da classe média baixa.**

O pai e a bicicleta. São esses os pontos de acesso.

Estou estudando essas fotos, elaborando um plano, quando uma grande sombra me cobre.

— O que você está vendo, Oliver? — A Srta. Broadway exige saber, com raiva no olhar.

Estou ficando cansado de professores que ficam me espionando.

— Nada — digo, e começo a fechar o arquivo. Mas ela não vai desistir assim tão fácil.

— Deixe-me ver isso. — Ela estende sua mão em formato de pernil para mim.

— Prática de incêndio — murmuro. Instantaneamente, o alarme soa e Broadway tem coisas mais importantes em que pensar.

E, francamente, eu também tenho.

# Capítulo 19
## FLASHES DO NOTICIÁRIO

---

**Trechos do artigo "Político famoso na ativa se aposenta e vai para Omaha",[78] publicado no *Omaha World-Herald*, em 24 de abril:**

[P]rovavelmente mais conhecida pelo comercial "Por que a mulher dele parece assustada?", criado por ela em 2004 para as eleições primárias do Partido Democrata para presidente. Líderes do governo e da oposição condenaram o anúncio quando ele foi ao ar, mas seus serviços foram os mais procurados e recontratados pelos dois partidos, em 2005, para as eleições do Congresso...

[Salisbury], que não tinha laços com Omaha, disse que "simplesmente se apaixonou" pelo modesto bairro onde fica o Dundee Dell durante uma viagem pelo centro-oeste. "Vi uma casa de que gostei e decidi ficar", diz ela da varanda da sua...

---

78. Essa é a Segunda Parte do meu Grande Plano Maligno: *Contrate alguém para comandar (e destruir) a campanha do Pateta.*

... estão perplexos. "Conheço Verna há 15 anos. Isso não faz sentido algum", diz uma das fontes que pediu para não ser identificada. "Ela adora o jogo. Adora trabalhar em campanhas políticas. Adora pegar um fracassado e fazê-lo vencer." No entanto, Salisbury diz que está "cansada de tudo isso", mas aos 37 anos está no auge de sua carreira, com novas possibilidades, e seu próximo objetivo é "encontrar alguém especial" para ficar ao seu lado...

---

**Trecho do artigo "Não seja mau ou terá pesadelos", de Alan Pitt, publicado no *Trompete da Escola Fundamental Gale Sayers*, edição de primavera:**

[À]s vezes, mesmo quando você está fazendo algo que considera divertido, tipo fazer alguém lamber sua meia de educação física, seu cérebro sabe que você não deveria estar fazendo aquilo. Você vai se sentir mal depois e terá pesadelos.

[O]s sonhos podem ser tão assustadores que farão você acordar no dia seguinte cheio de machucados, cansado e com os pijamas rasgados. Você vai pensar que foi tudo real! Até que seus pais levam você ao psiquiatra, e ele diz que foi só um sonho...

Não seja mau! ...

Concluindo: mesmo que seja extremamente divertido esfregar seu catarro na cara de alguma criancinha, os pesadelos não valem a pena.

---

**Trecho do artigo "Ditador deposto clama por vingança", publicado no *West African Gazette*, em 22 de abril:**

[E]le escapou em um helicóptero na semana passada quando seu palácio foi tomado por revolucionários democratas. Possui contas bancárias no valor de 8 bilhões de dólares, mas foi forçado a deixar para trás alguns de seus bens mais valiosos, incluindo sua famosa coleção de bonecos de Star Wars.

["Q]ualquer reação brusca dele será controlada de forma rápida, eficaz e devastadora", disse o novo presidente eleito, que informou ainda que seu governo está atento ao recentemente deposto homem forte.

[O] ex-déspota falou de forma beligerante da sala do trono da corte no exílio, na Basileia, na Suíça: "Eu *sei* quem fez isso comigo..."

# Capítulo 20
## “CONHEÇA A GRACINHA”

*Um ensaio fotográfico com:*

**Randy Sparks, o Garoto Mais Ridículo da Escola;**

**Scott Sparks, o Contador Mais Ridículo de Omaha;**

**Operários 11, 52, 53 e 108;**

**e apresentando — Verna Salisbury!**

**FOTO 1: Uma bicicleta querida largada e sem supervisão!**

**FOTO 2:** Uma equipe clandestina de operações especiais arranca a bicicleta dali.

**FOTO 3: "Oh, peraí! Minha bicicleta foi roubada!"**
**O roubo é informado às autoridades responsáveis.**

**FOTO 4**: **Enquanto isso, em um beco sujo e escuro, a bicicleta é entregue para uma mulher misteriosa.**

**FOTO 5:** **"Com licença, senhor. Foi esta a bicicleta que o senhor perdeu? Recuperei-a de um grupo de baderneiros."**

**FOTO 6**: Alegria! Menino e bicicleta juntos novamente!
"Obrigado por devolver o brinquedo do meu garoto, madame.
Como posso recompensá-la?"
"Pode começar me levando para jantar."
O amor está no ar!

# Capítulo 21
## O AMOR ESTÁ NO AR

Tradicionalmente, a forma mais eficaz de evitar o acasalamento[79] entre dois felinos é apontar uma mangueira na direção deles. Não provoca danos permanentes, mas interrompe a série de ruídos nojentos que eles fazem enquanto estão fazendo aquilo. Acaba ainda com a ameaça de gatinhos indesejados.

Kwame Kirkland e Cheri Munson estão se beijando no corredor e nem se importam se alguém está olhando. Kwame é mais velho e já está quase na idade de se barbear. Cheri é baixa e provavelmente poderia engravidar. Eles são do oitavo ano, então acho que pensam que já são adultos. Na verdade, eles são uma máquina repulsiva composta por duas pessoas que faz um barulho tão alto que pode ser ouvido a quase 2 metros de distância.

Quando estou longe o suficiente deles, murmuro: "Extintor de incêndio com defeito no setor quinze." O barulho ensurdecedor para instantaneamente, substituído por um som muito mais agradável: água jorrando do teto e os gritos de

79. Ou uma briga. Basicamente, é a mesma coisa quando se trata de gatos.

Kwame e Cheri. Animais e seres humanos não são assim tão diferentes no fim das contas.

De repente uma dor aguda na lateral me paralisa. Olho para baixo para ver qual foi a causa e vejo um cotovelo bronzeado e duro de uma menina bronzeada e baixinha.

— Nossa, Jamanta — diz Tati. — Quanta gordura tem na sua barriga afinal? Tive que cutucar você cinco vezes para que prestasse atenção em mim.

— Pivete — murmuro.

— Pivete é você — diz Tatiana. — Olha, tenho boas notícias. A campanha está a todo vapor.

— Já ganhei — digo a ela. — Estou concorrendo sozinho. — Logo isso não será mais verdade, mas sou o único na escola que sabe.

Tatiana enruga seu nariz perfeito e atrevido e puxa mais para cima do braço suas pulseiras de plástico cor-de-rosa.

— Não custa ser cuidadoso — diz ela. — A política é traiçoeira. Mas não se preocupe, eu vou conseguir um voto pra você. Fique olhando!

Ela aponta para o fim do corredor. Logan Michaels, uma escrava dela, está parada na lanchonete parecendo muito infeliz. Liz Twombley, a ex-Garota Mais Popular da Escola, está ao seu lado, parecendo satisfeita. Ambas estão usando camisetas brancas de má qualidade nas quais se lê: Time do Gorduchinho. Embaixo dessas palavras há um desenho de um boneco de neve — você sabe, três bolinhas uma em cima da outra.

— Vote em Oliver — diz Logan, com uma tristeza autêntica em sua voz, para a multidão que tenta chegar à lanchonete.

— Vote em Oliver! — diz Liz, toda sorridente e contente.

— Você gosta das camisetas? — pergunta Tati. — Eu mesma as criei.

— São bonitas — digo.

Liz nos vê e sorri.

— Oi, Oliver! Não morra!

— Não vou morrer.

Liz sorri como se eu tivesse acabado de presenteá-la com um pônei. De perto, percebo que eu devo ser o boneco de neve.

— Obrigado, Tati — digo.

— Não, *eu* agradeço a você — ela diz. — Nunca me diverti tanto na escola. — Em seguida ela encontra seu caminho entre a multidão, pegando batatas fritas, cookies e o que mais quisesse das bandejas dos outros. As leis não se aplicam à estirpe da natureza.

Randy Sparks está sentado na minha mesa, parecendo distraído. Um pedaço de doce de morango que ele se esqueceu de comer[80] está pendurado na sua boca. Sento-me e pego meu sanduíche de marshmallow com manteiga de amendoim, mas ele não percebe que estou ali.

Entendo. Ele tem muito sobre o que pensar. O pai dele tem uma namorada, por exemplo. Isso é muito louco. Principalmente porque Verna é inteligente e bonita e bem-sucedida. E ainda mais estranho, ela quer que Randy faça as coisas mais loucas.[81]

E eu sei de tudo isso porque sou eu que estou pagando Verna para namorar o pai de Randy. Sou eu que quero que ele faça as coisas mais loucas.

— Oi, Randy.

Ele leva um segundo para entender — foi a primeira vez em toda a nossa carreira de "amigos de almoço" que tomei

80. Eu sei. Ele costuma fazer isso.

81. Você adivinhou — Terceiro Passo do meu Grande Plano Maligno: *Botar o idiota para correr.*

a iniciativa de cumprimentá-lo. Foi também uma das primeiríssimas vezes que eu não parecia completamente petrificado em sua presença. Mas eu quero conferir o estado mental dele.

— Oh. Oi, Ollie — diz ele, finalmente. O doce de morango cai no chão. Ele nem percebe.

— Randy, você acha que eles me deixariam ser policial?

— Eles quem? — pergunta Randy.

— Quando eu crescer. Você acha que vão deixar que eu seja um?

As mãos dele tateiam nervosamente o saco do lanche. Seus braços finos estão cobertos por pelos felpudos, muitos deles. Parece cabelo de bebê.

— Acho que sim — diz ele. — Não vejo por que não deixariam. Eu não sabia que você queria ser policial.

— Eu não quero — digo —, mas é melhor que deixem.

Ele não tem o que responder dessa vez.

— Randy, o que você quer ser quando crescer?

Suas mãos ficam agitadas.

— Eu não sei — diz ele. — Meu pai é contador.

Arregalo meus olhos para parecer bastante impressionado.

— Uau — digo. — Um catador. Ele é feliz?

Randy não diz nada por um tempo. Ele procura algo dentro do saco do lanche e parece confuso ao constatar que ele está vazio.

— Eu não sei — diz ele. — Provavelmente, não. — Em seguida acrescenta: — Ele tem uma namorada.

— Uau — digo. — Ela é da polícia?

Randy me olha com uma expressão engraçada. Estou me fazendo de bobo com um pouco mais de empenho que o usual, e talvez ele esteja notando. Então ele dá de ombros e deixa seus olhos vagarem pelo ambiente. Eles encontram Pammy Quattlebaum, que está contando uma história bem nerd para suas amigas nerds. Depois vê Jack Chapman, que está sentado com seus amigos, dando petelecos em bolas de futebol de papel tentando acertar um gol imaginário. Todos eles estão rindo de alguma piada. Ele vê Rashida Grant, que está falando no celular que levou escondido para a escola. Megan e Shiri estão usando seus próprios corpos como escudos para esconder Rashida do treinador Anicito, que está supervisionando o recreio hoje e confiscaria o telefone se o visse.

Randy olha novamente para o saco de papel e em seguida o amassa e empurra para longe.

— Quando eu crescer — diz. — Eu... Acho... Eu só quero ser *normal*.

Aí está uma forma de terminar uma conversa.

— Ah — digo. — Boa sorte com isso.

— Obrigado — ele diz. E então simplesmente se levanta, sem se despedir, e sai da escola.

Observo Randy partindo com um sentimento curioso no peito. Será que eu consigo sentir culpa?

Não.

Graças a Deus!

# Capítulo 22

## FICAREI ATRAVESSADO SOBRE ESTE GLOBO COMO UM COLOSSO ATERRORIZANTE, E PISAREI EM VOCÊ CASO TENTE VER MINHA CUECA

O último cigarro de Moorhead dizia: ANDE COM UM EXEMPLAR DE *O ARCO-ÍRIS DA GRAVIDADE*. Ele encara a mensagem, alarmado.

Eu não o culpo, na verdade. Antes que você esqueça, receber mensagens misteriosas em cigarros é assunto alarmante, de qualquer ângulo.

Para completar, a mensagem diz a ele para carregar um exemplar de *O arco-íris da gravidade*, o lendário romance ilegível de Thomas Pynchon. São oitocentas páginas. Denso, prolixo, excêntrico. O tipo de coisa certa para impressionar uma espertinha como Lucy Sokolov, mas uma paisagem intimidadora para um cérebro pequeno como o de Moorhead.[82]

---

82. Note que eu não disse a ele para *ler* o livro.

Mas acho que o mais intrigante em relação a esse cigarro em particular foi *onde* Moorhead o encontrou: dentro de uma laranja que ele acabou de descascar. Isso foi infantilidade da minha parte.

Lá está ele, no meio do corredor, boquiaberto. A laranja partida e descascada em uma das mãos, o cigarro coberto de polpa de fruta na outra; levando esbarrões de hordas de alunos. Cauteloso, ele circula em torno de si mesmo, procurando alguém por perto — talvez um mágico? Um deus brincalhão? — que poderia ter feito aquilo. Mas eu sou o único por perto. E estou coçando minha bunda com o estojo.

O vice-diretor, Hruska, passa correndo, calculando mentalmente quanto tempo falta para que possa se aposentar. Ele arranca o cigarro dos dedos de Moorhead.

— Dentro do colégio não, Neil.

Desesperado, Moorhead chama Hruska enquanto ele se afasta.

— Espere! Leia...

Mas Hruska já tinha amassado o cigarro em suas mãos e jogado os pedaços empapados em uma lata de lixo.

— Ler o quê?

Moorhead olha para o velho, depois para a lata de lixo e de volta para o velho.

— Ler o quê, Neil?

Moorhead vira as costas e caminha silenciosamente para a sala de aula, deixando a laranja escorregar de seus dedos. Foi como se ele tivesse esquecido que a estava segurando.

Veja bem, nem todos gostam de surpresas. Algumas pessoas amam; outras têm ataques cardíacos. É uma questão de gosto.

Randy Sparks, o Garoto Mais Ridículo da Escola, gosta de surpresas? Vamos descobrir.[83]

Ele aturou umas coisas muito interessantes recentemente. Tipo, o pai dele arranjou uma namorada. E tudo aconteceu tão rápido! Não foi há apenas alguns dias que ela devolveu a bicicleta de Randy? Depois de recuperá-la sozinha da gangue de motoqueiros que a roubou?

Quando você pensa nisso, é meio difícil de acreditar, mas, quando Verna começa a falar, tudo faz sentido. Ela pode ser muito convincente — sobre qualquer coisa, se for bem paga. Não que Randy saiba disso.

83. No jornalismo, isso se chama suíte.

A maior parte do tempo, ele ouve Verna sendo convincente sobre a beleza do sistema democrático (ela costumava concorrer a campanhas para as eleições presidenciais). Acontece que dessa vez (e, eu garanto, isso é improvável) ela está interessada nas eleições do ensino fundamental. Aparentemente, elas são muito importantes para moldar o caráter da "próxima geração de líderes".

Naturalmente, Verna ficou horrorizada quando Randy contou a ela que um garoto estava concorrendo sozinho ao cargo de presidente do oitavo ano. Cara, ela esteve horrorizada alguma vez? Ela tentou convencer Randy a horrorizar-se também, mas nem mesmo o Garoto Mais Ridículo da Escola vai cair nessa.

Então, ela direcionou seus poderes persuasivos para Scott Sparks, o Homem Mais Sortudo de Omaha, e ele foi imediatamente, meticulosamente e completamente convencido. Ele disse ao filho que ele deveria se candidatar a presidente da turma. Quero dizer, ele disse *mesmo* para o filho concorrer. Scott Sparks praticamente implorou a Randy que concorresse à presidência.

Randy não queria complicar as coisas com seu pai, então prometeu que iria tentar. E, sendo uma pessoa que honra suas promessas, ele foi até o Sr. Pinckney, que disse "Não. Absolutamente não", exatamente como Randy sabia que ele faria. E fim de papo. Randy ficou aliviado. Ele fez o melhor que pôde.

Mas Randy não sabia que um minuto depois que ele saiu da sala do Sr. Pinckney, O Motivador entrou. Isso aconteceu ontem.

Hoje é um novo dia, e Randy e eu estamos sentados a três mesas de distância na aula de ciências. A professora é a Srta. Broadway. Tecnicamente, ela é professora de matemática, mas, como é nova na escola, empurram para ela várias matérias que ninguém quer lecionar. "Geologia para idiotas" era uma delas. Neste momento, ela está comentando a mais recente novidade no mundo científico: o roubo que aconteceu ontem à noite no National Air and Space Museum, em Washington.

— Felizmente, eles não levaram muita coisa,[84] mas mesmo assim. Quero dizer, *fala sério*. Nesse museu estão guardados alguns dos mais valiosos tesouros nacionais. Não deveriam permitir que as pessoas simplesmente entrassem para passear e pegassem o que quisessem.

A Srta. Broadway parece muito pouco preocupada com o que foi roubado, o aspecto relacionado ao declínio da lei e da ordem é o que interessa a ela na história. Grande parte do que ela ensina acaba enveredando por esse caminho. Uma vez, na aula de geometria, ela fez um discurso constrangedor relacionando os lados de um triângulo escaleno a um recente ataque violento de gangues.

---

84. Os ladrões roubaram apenas dois pedacinhos de rocha da Lua.

Posso garantir a ela (mas não vou fazer isso) que os ladrões não entraram para "passear" no museu. Foi uma operação militar precisa, conduzida pelos melhores mercenários armênios. Eles entraram e saíram em menos de cinco minutos e não deixaram rastros.[85]

Dou uma olhada no relógio da parede, depois em Randy, que está tirando cera do ouvido. Se as minhas instruções estiverem sendo seguidas, neste exato momento O Motivador está entrando na sala do Sr. Pinckney com uma pequena caixa marrom.

O que significa que, mais ou menos *agora*, Pinckney, que já ouviu sobre o roubo no museu com uma combinação de animação e pavor, está abrindo a caixinha com os dedos trêmulos.

E, mais ou menos *agora*, O Motivador está lembrando ao diretor sobre a parte que lhe cabe na barganha.

E mais ou menos *agora*...

— Atenção, por favor — a voz de Pinckney sai barulhenta dos alto-falantes. — Atenção. Aqui é o diretor. *Pardon* pela interrupção. Isso é.... muito incomum...

Ele para, aparentemente incerto sobre como deve continuar. Cada par de olhos da sala está grudado na pequena

---

85. Certo, isso não é totalmente verdadeiro. Fiz com que eles deixassem no local uma impressão digital da Miley Cyrus, só para enlouquecer o FBI.

caixa de som montada sobre o quadro-negro; com exceção dos meus. Estou olhando para alguém sentado a três carteiras de distância.

— Hummm. Bem...

Abafada pelo assobio de estática que sai do alto-falante, uma voz que mal se ouve sussurra: "Apenas diga."

— Humm, Randy Sparks é o novo candidato na eleição do oitavo ano para presidente.

Em seguida ouve-se um ruído terrível quando o microfone é desligado de forma abrupta.

Surpresa!

Acontece que Randy é do tipo que tem um ataque cardíaco com surpresas. Só que ele é novo demais para ter problema de coração, então simplesmente fica roxo e começa a tossir. Quando ele se recupera, a Srta. Broadway está parada à sua frente, parecendo seriamente determinada a arrancar dele toda a verdade.

— O que você está aprontando, Andy?

— Randy.

A Srta. Broadway revira os olhos. Ela não gosta de alunos que respondem assim.

Randy começa a falar e se atrapalha, tentando ele mesmo entender o sentido de tudo aquilo.

— Eu não sei! Eu pedi ontem; ele disse que eu não poderia... Não pensei que ele fosse...

— Você simplesmente *pediu a Pinckney* para ser candidato a presidente? — Broadway bufa, petrificada. — Você não sabe que existe um procedimento a ser seguido?

— Mas o meu pai, ele... Meu pai tem uma *namorada*!

É o bastante para levar os orangotangos a uma onda de gargalhadas e Randy a outro ataque de tosse. Broadway esbraveja pela sala, balbuciando, parecendo pessoalmente ofendida. Quando os animais finalmente se aquietam, ela começa um discurso em tom fúnebre:

— Era justamente sobre isso que eu estava falando. *Exatamente* sobre isso. Existem regras que devemos seguir. Como sociedade. Como nação. Como escola. Quando essas regras não são respeitadas, principalmente aqui, onde vocês deveriam aprender a respeitá-las, o trem descarrila. Completamente! — Ela aponta um dedo incriminador para Randy. — Você deveria ser nomeado por alguém. — A voz dela cresce em volume, rapidez e paixão. — A nomeação deveria ser endossada. Um professor deveria testemunhar tudo! Onde ele ou ela estavam durante o processo? *Quem é o professor da sua turma de orientação*?

Randy se encolhe em seu assento.

— É você.

Os animais riem alto demais para ouvir o sinal que encerra a aula.

Randy tem meu apoio dessa vez. Ninguém deveria ser tão anônimo a ponto de a própria professora não saber que ele existe.

— Solução X-9 na professora Broadway — murmuro. Amanhã ela vai acordar com um resfriado muito, muito forte. — E solução X-5.

E assaduras.

— E esvaziem os pneus do carro dela.

Agora eu estou simplesmente sendo perverso.

# Capítulo 23
## PAPAI TEM OUTRAS COISAS NA CABEÇA

Papai está parado em frente ao armário, alisando sua coleção de gravatas-borboleta. Pessoalmente, não tenho nada contra gravatas-borboleta, exceto porque Papai as usa. Ele gosta de dar um toque *engraçado* à sua roupa quando se arruma, como se com isso dissesse: *Eu não levo as coisas tão a sério assim.*

— O que você acha? — pergunta, segurando as duas gravatas. — A com bebês dançarinos ou a com os Frankensteins de patins? — Eu me divirto muito dando a ele no Natal e no Dia dos Pais as gravatas mais ridículas que encontro. Mas eu me divertiria muito mais se ele não gostasse tanto delas.

— As duas são boas — diz Mamãe, que está sentada na cama. Ele assente, olha para cada uma das gravatas, muito sério, e depois as coloca de lado para pensar melhor. Ele está escolhendo o que vai usar durante o período de captação de recursos do canal, um mês inteirinho de chororô para conseguir dinheiro.

Papai joga na pilha sua jaqueta favorita, de veludo cotelê, então coça sua aristocrática sobrancelha.

— Deus, eu odeio isso. — Ele parece mais cansado de viver do que nunca. — Perder o meu tempo indo pro ar. Poderia fazer tantas outras coisas importantes no escritório...

— Então não vá — digo, sentando no chão para brincar de cabo de guerra com a Lollipop.[86]

Papai parece estar sofrendo demais para responder. Mamãe aproveita e preenche o vácuo dizendo:

— Ele precisa ir, Docinho. Ele está escalado para aparecer na TV três vezes por semana. Durante um mês!

— É — provoco, como se eu estivesse aceitando a ideia. — Mas ele é o chefe do canal inteiro.

— Isso mesmo.

— Então, não é ele que define essa escalação? Ele poderia fazer com que outras pessoas aparecessem na TV, então ele poderia ir para o escritório fazer todo o trabalho *importante*...

— Um dia você vai entender o que significa ter responsabilidades — rebate Papai. Ele se vira para o armário com determinação e começa a bater no guarda-roupa com força.

86. Estou esperando que uma determinada pessoa perceba que estamos usando como corda sua camiseta favorita.

— Talvez eu entenda, quando vencer Randy e me tornar presidente — digo.

— É, talvez — diz Papai, distraído. O período de captação de recursos suga uma quantidade imensa de energia dos meus pais. Ele começa a batucar na gaveta de meias.

Imaginei que ele ficaria um pouco mais interessado quando soubesse que eu tinha um oponente.

— Vai ser uma eleição difícil — arrisco. — Tenho medo de que Randy convença todas as crianças que usam óculos a votarem nele. Porque ele usa óculos.

Meus pais não ouviram uma palavra do que eu disse. Papai está examinando um par de meias cor de laranja berrante.

— Não posso aparecer com essas meias na TV, elas estão manchadas.

— Você deveria cortar o cabelo — diz Mamãe.

Ele se olha no espelho.

— Não — responde, alisando os cachos que cercam suas orelhas pontudas. — Vai parecer que eu me importo.

Eu não deveria estar surpreso pela falta de entusiasmo de ambos. Acabou que a entrada tardia de Randy Sparks na disputa presidencial não foi a notícia mais importante do dia na escola. Depois do almoço, correu um boato de que Tatiana havia sido suspensa por duas semanas. Alguém tem pichado o estacionamento desde janeiro. Coisa de adolescente (*Veja Imagem 15*). Hoje de manhã, a Srta. Sokolov lembrou-se de que tinha visto tinta nos dedos de Tatiana um dia. E foi isso.

E uma curiosidade: o vândalo usa tinta azul.

**IMAGEM 15: Alguém tem pichado o estacionamento desde janeiro. Coisa de adolescente.**

As pessoas são criaturas de hábitos. Se ontem você cutucou o nariz com o dedo mindinho da mão esquerda, você provavelmente vai cutucar o nariz com o dedo mindinho da mão esquerda hoje e com o dedo mindinho da mão esquerda amanhã; e para todo o sempre ao longo da sua vida melequenta e feia.

Vamos falar de alguém muito menos nojento que você: Tatiana. Comprovando a teoria do hábito, ela é provavelmente a criatura que mais usa rosa no mundo. Seus suéteres são cor-de-rosa, seus tênis são cor-de-rosa, suas calcinhas são cor-de-rosa.[87]

Ainda que minhas câmeras de vigilância não tenham tirado fotografias que provassem que o vândalo, na verdade, era Jordie Moscovitch (ele é um autêntico vencedor), eu precisaria me esforçar muito para acreditar que alguém tão inteiramente cor-de-rosa como a nossa Tati escolheria o azul para se expressar. Simplesmente não funciona assim.

Por outro lado, as pessoas podem incorporar *novos* hábitos quando percebem que seus velhos hábitos não estão mais dando *resultados*. Moorhead, por exemplo. Ele está decidido a permitir que as mensagens místicas em seus cigarros o guiem na caça à mulher dos seus sonhos. Talvez você considere esse comportamento irracional, mas provavelmente foi a coisa mais sensata que ele fez em anos.

87. Pelo menos é o que diz meu Departamento de Pesquisas.

Ele sabe que, por conta própria, não está fazendo progresso algum com a Sokolov; se as mensagens dos cigarros oferecem um caminho melhor, ele seria um idiota se não o seguisse.

Até mesmo um pseudointelectual como Moorhead sabe por que seus anjos mandaram que CARREGASSE UM EXEMPLAR DE *O ARCO-ÍRIS DA GRAVIDADE*. Foi para que ele parecesse inteligente. Sokolov vai ser obrigada a prestar atenção em um homem que lê um livro tão grosso.

E é por isso que ele parece tão satisfeito consigo mesmo esta tarde. No canto da mesa dele, assoma de forma sinistra um exemplar de *O arco-íris da gravidade*, como um monumento de mármore de duas toneladas no seu cérebro. Ele estava recostado na cadeira, as mãos entrelaçadas atrás do pescoço, sorrindo como um bebê que usou o troninho pela primeira vez.

*Ah, sim*, ele pensava. *Isso faz com que eu pareça inteligente.*

Num determinado momento, ele viu Pammy Quattlebaum encarando o livro com admiração, então deu um sorriso arrogante para ela, como uma estrela do rock ironizando seus fãs.

Enquanto isso, um maço de cigarros velozmente preparado — todos gritando a mensagem ESCONDA ESSA COISA

EM UMA GAVETA — estava a caminho de ser entregue para Moorhead.

Era um exemplar *novinho*. Você imaginaria que até mesmo um pseudointelectual do ensino fundamental seria mais esperto. Como ele vai impressionar Sokolov se ela acha que ele está lendo *O arco-íris da gravidade* pela primeira vez?[88]

— A próxima mensagem será: ARRUME UM EXEMPLAR USADO — ordeno, ainda que eu, Lollipop e Sheldrake sejamos os únicos no dirigível. Em algum lugar, muito abaixo de nós, alguém me ouve e obedece.

— Você é cruel demais com aquele homem — diz Sheldrake.

— Ele não pensa assim. — Verifico algumas declarações de imposto, procurando por erros.

Não encontro nada, mas não posso afirmar que estou completamente interessado. Empurro a papelada para o lado.

— A propósito, Lionel, estou marcando algumas aparições públicas para você.

— É mesmo necessário?

---

88. É a regra número 1 dos espertinhos: deve parecer que você leu todo e qualquer livro *duas* vezes.

— De uma delas você vai gostar de verdade. É no canal de TV do meu pai. A outra... Bem, essa vai ser na minha escola. Um discurso sobre o valor de eleições democráticas nas escolas públicas.

Sheldrake respira com dificuldade e fica inquieto no assento. Olho para ele.

— Fala logo.

— Está claro que você está dando muita importância a essa eleição.

— Eu quero que seja *muito* importante mesmo — digo. — E quero que as pessoas reconheçam que é importante.

— Você quer dizer que deseja que uma pessoa em particular se importe. — Meus músculos se enrijecem, e Lollipop mostra para Sheldrake todo o esplendor de sua arcada dentária.

Sheldrake chega para a frente de forma descuidada.

— Veja, você sabe que eu nunca lhe dou conselhos, mas por que você se importa com o que ele pensa? Você é duas vezes mais homem do que ele e ainda nem chegou à puberdade.

Pego o megafone.

— Capitão Malthus, abra as portas da sacada. Vamos jogar algo no rio. — O chão atrás da cadeira de Sheldrake despenca, como portas duplas de um *saloon* em um filme de bangue-bangue, e a luminosidade do horizonte de Omaha nos envolve com seu brilho. Formulários voam pela cabine como morcegos. — *Hil* — ordeno, e Lollipop se aproxima de Sheldrake, os dentes escancarados, o corpo arqueado.

Sheldrake fica pálido.

— Não precisa me ameaçar, Oliver. Vou ficar quieto. Mas não consigo entender por que você não pode simplesmente subornar essa maldita eleição e terminar com isso. — Ele está sendo muito corajoso. — Manipule a votação e pare de se preocupar.

O rosnado de Lollipop sobe uma oitava. E, quanto mais agudo, mais assustador fica. Ela está a menos de meio metro dele agora. A baba que escorre de sua boca brilha sob o reflexo da luz, como uma faca de prata.

— Que droga, Oliver. Controle esse cachorro.

Eu o respeito por não dizer "por favor".

— *Maita* — ordeno. Lollipop para a apenas alguns centímetros de Sheldrake. Imediatamente, toda a hostilidade deixa o corpo da cachorra. Ela ergue a cabeça e lambe o suor das bochechas de Sheldrake.

— Capitão Malthus, feche a sacada. — Não mais brilhamos sob as luzes da cidade e o vento não circula na cabine. Sirvo uma xícara de chá para Sheldrake. — Desculpe, Lionel. Perdi a cabeça.

— Não, é... Fui inconveniente. — A xícara de chá chacoalha na mão dele. — Sei que não é minha função dizer isso... Mas eu me importo. E me preocupo. Sinto que você está deixando o trabalho importante de lado.

— Eu decido o que é importante — digo a ele. — E quanto a comprar votos... Farei isso se for necessário. Mas por que me preocupar quando é tão fácil ganhar?

# Capítulo 24
## COMO CONCORRER AO CARGO DE PRESIDENTE DA TURMA

Faça cartazes para espalhar pela escola.

E é isso.

Não existem questões a serem discutidas numa eleição para o conselho estudantil. Não existem impostos para cortar, nenhuma audiência para aprovar vendas de ações, nenhuma prática incorreta a ser proibida. Conselhos Estudantis não *fazem* nada. Talvez, se você for para uma escola que tenha um rádio na lanchonete, o conselho estudantil decida qual estação o rádio deve tocar.

Não tem um rádio na lanchonete da minha escola.

Como não existe nada de importante a ser discutido, as campanhas eleitorais de um conselho estudantil são operações extremamente simples. Apenas cartazes e mais cartazes colados onde o diretor deixar, dizendo: VOTE EM MIM! Nossos ancestrais lutaram na Guerra da Independência dos Estados Unidos, então temos o direito de fazer isso. Eles devem estar muito orgulhosos.

Os primeiros cartazes da campanha presidencial do oitavo ano apareceram do lado de fora da sala da Srta. Sokolov. Um deles tem três faixas, vermelha, branca e azul:

Espero que não seja intelectualizado demais para os meus colegas de turma.

A contribuição da minha mãe está colada do lado do cartaz de Randy. É uma cartolina, e ficou tão pesada depois da cola, do glitter e das flores de plástico que está quase caindo da parede. Ele diz: “Vote em Watson! Ele será o melhor presidente!”

Ou deveria ser isso. Alguém riscou a palavra PRESIDENTE com pilot vermelho e escreveu COCÔ.[89]

Dou as costas para os cartazes e me vejo cara a cara com Tatiana, que tem um sorriso doentio estampado no rosto. Tento me desviar dela, mas ela ri — um rio de risadas élficas que corre por um vale escuro de escárnio. A vergonha me obriga a dar as costas a ela. Mas encaro a loucura que vive naqueles olhos castanho-escuros.

— Alguém fez o nosso trabalho, não foi, Gorduchinho?

Concordo como um idiota. Tati dá um puxão preguiçoso no cartaz que Mamãe fez e ele cai direto no chão. Em seguida, ela sopra um beijo na minha direção e entra na sala da Srta. Sokolov.

É isso aí. Tati está de volta. Um anônimo mandou para o Sr. Pinckney as fotos que provavam que Jordie Moscowitz era o vândalo pixador, e, nesta manhã, como uma heroína triunfante, Tatiana voltou. A mãe dela a deixou na escola em uma Mercedes cor-de-rosa novinha em folha — herança de um tio de quem elas nunca tinham ouvido falar.

Sem disfarçar a inveja, Megan Polanski, a Nova Garota Mais Popular da Escola, observou enquanto Tati subia a escadaria na frente da escola.

89. Uma avaliação grafológica vai provar que Jacob Wong, um aluno do sexto ano, escreveu aquilo. Ele nunca vai entender por que seu programa favorito de TV foi cancelado de repente.

— Por que você tem tanta sorte?

Tati não podia perder aquela chance.

— Porque eu sou boa demais.

Randy Sparks está aproveitando os últimos instantes antes de ir para a sala de estudos para distribuir adesivos nos quais está escrito: EU VOTO NO RANDY.

Grande parte dos passantes ignora Randy. E grande parte dos que não o ignoram empurram-no para que ele saia do caminho. E grande parte dos que não fazem *isso* pegam um adesivo para, logo em seguida, jogar fora ou colar no primeiro armário que veem. Ele vai se meter em encrenca por isso.

Verna precisa se esforçar mais. É importante que a campanha de Randy não pareça uma piada *completa*, ou corro o risco de ouvir Papai dizer: "Não é uma eleição de verdade, cara."

— Diga a Sheldrake que preciso encontrar Verna — murmuro.

— O que é aquilo? — diz Randy quando passo por ele.

— Posso pegar um adesivo, Randy?

Randy me olha, confuso.

— Hm... Oliver, nesse adesivo está escrito: EU VOTO NO RANDY.

— Ha-ha — digo. — É o mesmo nome que o seu!

Agora sua expressão é *realmente* confusa.

— É porque sou eu. Sabe, Oliver, você é meu adversário. Realmente não deveria...

— Você não vai me dar um adesivo?

— Não...

— Por que você sempre implica comigo, Randy Sparks? — grito. — Eu quero um adesivo!

— Tá bom! Tá bom! — Os dedos de Randy se agitam, como borboletas depois de muito café, enquanto ele descola um adesivo para grudá-lo no meu peito.

— Lindo — digo, admirando a frente da minha camisa.

O sinal toca e eu caminho empertigado para a sala da Sokolov como um pavão premiado. Randy me observa, perplexo. Eu mexi tanto com aquele garoto que me espanto por ele ainda estar de pé.

La Sokolova faz a chamada, como sempre. Ela não para quando chega a "Tatiana Lopez". Ela nem ao menos tira alguns minutos para se desculpar por, *erroneamente*, ter feito Tati ser expulsa. Na verdade, Sokolov não parece nem um pouco arrependida; se ela expressa alguma emoção, é irritação. Talvez seja porque Tati não parou de sorrir para ela desde que a aula começou.

Levanto a mão.

— Posso ir ao banheiro?

Sokolov faz um gesto com a mão autorizando, como se não pudesse se importar menos com o que eu faço ou deixo de fazer. Então eu sorrio de maneira graciosa e saio pela porta. Mas ao invés de pegar a direita, em direção ao banheiro masculino, viro para a esquerda. Tem uma pequena parede, com apenas três armários, entre a sala de Sokolov e a próxima sala no corredor (na qual fica o completamente pirado professor de matemática, chamado Rizzo). Esses armários se parecem com todos os outros da escola — têm até cadeados —, mas não pertencem a nenhum aluno. Eles foram instalados no ano anterior, quando a escola passou por uma grande reforma.[90]

Vou até o armário do meio e giro o cadeado. Ele destranca, assim como os outros dois ao seu lado — na verdade, os três fazem parte de uma única grande porta. Entro e fecho a porta às minhas costas.

---

90. O serviço foi executado pela Sheldrake Construction Company por um preço muito razoável.

Sou recebido por um mordomo inglês, já um senhor de idade.

— Boa-tarde, senhor.

Não esperava aquilo.

Primeiro dou um chiado — *iiiii!* —, como um balão de aniversário em formato de porco com um furo do lado. Em seguida murmuro um embaraçoso e agudo "Quem é você?", que desconfio ter sido agudo *demais*, porque o mordomo não parece ter me ouvido. Provavelmente só os cachorros conseguiram me ouvir. Enfim, recupero o fôlego e consigo dizer, num tom mais baixo e viril:

— Quem é você? O que está fazendo aqui?

— Sou Lucan, senhor. O mordomo. Meu trabalho é manter esses aposentos arrumados.

Ele está parado na antessala escura e pequena, completamente calmo e imóvel, como um ídolo abandonado em um templo. Ele parece ter cerca de 80 anos, e está elegantemente vestido com um sobretudo e uma gravata-borboleta preta. E, preciso enfatizar, ele não parece surpreso ao me ver. O que é estranho, porque ainda que eu tenha construído essa câmara de observação há um ano, é a primeira vez que tenho um motivo para visitá-la.

— Lucan, você esperava por mim?

— Senhor — ele diz enquanto puxa uma escovinha e começa a tirar os fiapos dos meus ombros —, eu espero alguém passar por essa porta todos os dias.

— E alguém já...

— Você é o primeiro — diz ele, sem mudar de expressão.

Isso é que é um bom mordomo.

— Falamos mais tarde, Lucan — digo. — Agora eu gostaria de uma limonada gelada e um prato de biscoitos de gengibre.

— Como quiser, senhor — diz ele, e empurra uma pesada porta de carvalho que dá no cômodo principal. Sou recepcionado pelas melancólicas notas de "So Glad", do Captain Beefheart, ecoando mansamente por alto-falantes escondidos, e Lollipop, que pula para lamber meu rosto. A sala tem uma iluminação suave e a decoração apropriada para uma biblioteca — arte, painéis de madeira e um tapete oriental de mais de duzentos anos. Na lareira uma leve chama, desnecessária nessa época do ano, mas certamente calmante. Lolli se aconchega perto do fogo e dorme imediatamente.

Tem uma outra porta no fim da sala, que imagino levar para as dependências de Lucan. Ele atravessa a porta e some para preparar minha limonada. Ao lado da porta está um armário do século XVIII no estilo Chippendale que esconde a entrada para o túnel que meus empregados usaram hoje para trazer Lollipop aqui. No meio do cômodo tem uma cadeira de couro muito confortável. E sobre a cadeira está o Electrolyzer.

Eu o pego e sento.

— Mostrar telas — comando. Imediatamente as paredes à minha frente e às minhas costas ficam transparentes, permitindo que eu veja as salas de Sokolov e de Rizzo. Há três anos inventei os quadros-negros de duas direções. Eles são como os espelhos de duas direções, mas você pode escrever e apagar neles... Ah, você pode imaginar isso, não é mesmo? Não sabia muito bem como usá-los a princípio, mas depois percebi que seriam úteis para que eu visse os professores mas eles não me vissem.

Rizzo, que é gordo e barbudo, está tocando o ukulele para seus alunos de álgebra. Como eu disse, ele é totalmente pirado. Giro minha cadeira para a direção da sala de Sokolov. Nada parece ter acontecido desde que saí. É a aula de orientação. Alguns fazem o dever de casa, mas grande parte dos alunos troca bilhetinhos.

Algumas exceções notáveis:
**PAMMY QUATTLEBAUM**: Seu dicionário de rimas está aberto e ela parece escrever um dos seus poemas horrorosos.

Ela está tentando pensar, então seu rosto gorducho e feio está mais torto que o de costume.

**RANDY SPARKS**: Mastigou a caneta e está usando uma folha do caderno para tentar limpar uma mancha gigante de tinta na camisa.

**ESTUDANTE DE INTERCÂMBIO, CHINÊS MISTERIOSO**: Está usando um barbeador elétrico portátil nas bochechas.

**TATIANA LOPEZ**: Inclina-se em sua cadeira para beliscar **LOGAN MICHAELS**, que finge estar incomodado, quando na verdade está adorando a atenção.

**LUCY SOKOLOV** está totalmente desatenta, o nariz enfiado em um outro romance de Nabokov. Ela procura sua caneta-tinteiro prateada para sublinhar um trecho.

Aponto o Electrolyzer para a caneta e aperto o gatilho. Zap.

Ela larga a caneta. Sua boca se arreganha em um círculo; imagino que ela está dizendo "ai", mas o áudio não está ligado.

Bem, todos nós sabemos o que são choques estáticos. Mistério nenhum. Sokolov tenta pegar a caneta novamente. Aperto o gatilho de novo. Zap.

Ela larga a caneta, a boca aberta.

Ela tenta pegar a caneta umas dez vezes...

Zap. Zap. Zap. Zap. Zap. Zap. Zap. Zap. Zap. Zap.

... antes de desistir.

Ela não está mais dizendo "Ai". Não sou um especialista em leitura labial, mas aparentemente ela está xingando à beça. A turma toda olha na direção dela, imaginado o que está acontecendo. Aborrecida, ela aponta um dedo para os alunos e parece estar dizendo algo como: "Cuidem das suas vidas, seus ratos desprezíveis." Sua outra mão está apoiada no grampeador[91] que está sobre a mesa.

Zap.

Sokolov dá um pulo como se tivesse sido mordida. Ela está xingando de novo — acho que nunca vi essas palavras saindo da boca de um ser humano. Sinto-me tentado a ligar o áudio para aprender algo novo.

— Seus biscoitos e a limonada, senhor — diz Lucan, trazendo meu lanche da tarde em uma bandeja de prata.

— Obrigado, Lucan.

A turma agora encara Sokolov, aterrorizada, como se a professora tivesse enlouquecido. E não de uma forma engraçadinha, como Rizzo e seu ukulele. Pirada e perigosa, como Lizzie Borden e seu machado.

91. O Electrolyzer só funciona em objetos que são bons condutores de eletricidade, como a maioria dos metais. Isso é ciência.

Todos menos Tati, que está deliciada — garota adorável —, rindo, rindo e rindo, sem tentar esconder. Como um furacão, Sokolov vai até a mesa de Tati, louca para descontar sua raiva em alguma coisa ou alguém. Ela está inclinada na direção de Tati agora, gritando. Tati está curvada de tanto rir — oops! Ao se dobrar, Tatiana deixou à mostra o celular escondido no bolso do seu casaco. A Srta. Sokolov dá um sorriso cruel — celulares são proibidos nas salas de aula. Ela pega o telefone, pronta para escondê-lo na gaveta de sua mesa até o fim do ano letivo.

Zap.

Sokolov deixa o telefone cair e ele quase acerta Tati, que está rolando no chão de tanto rir. Agora Sokolov parece genuinamente assustada. E Tati não é a única que está rindo. Quase todos na sala estão pelo menos sorrindo agora, todos menos a puxa-saco da Pammy, que parece estar de mal com o mundo já que ele está atacando sua querida professora; e Randy Sparks, que parece apenas confuso.

Como um cachorrinho se divertindo com um jogo, Tati, ainda deitada de costas, pega seu telefone e o entrega para a Srta. Sokolov. A professora hesita, insegura sobre o que deve fazer. Até que decide segurar o aparelho.

Zap.

Lollipop dá uma fungada e choraminga. A sala cheira a ozônio.

— Lucan — ordeno —, traga um spray purificador de ar.

— Imediatamente, senhor.

Sokolov não aguenta mais. Não aguenta mais os alunos gargalhando, o trabalho dolorido na sala de aula, onde tudo o que ela toca *morde*. Ela pega o caminho mais curto e sai da sala, seu rosto contorcido em uma expressão que mistura fúria e medo.

Cheguei a mencionar que fechei a porta quando saí?

Zap.

Vinte minutos mais tarde, Sokolov está de joelhos — os olhos tomados pelo ódio, os dedos curvados como ameaçadoras garras enquanto tenta girar a maçaneta repetidas vezes.

Ela parece um homem das cavernas em uma luta contra um tigre-dente-de-sabre.

Até Randy está sorrindo agora.

Estou aproveitando minha segunda porção de biscoitos. A limonada, a propósito, é cor-de-rosa.

# Capítulo 25

## A CAPTAÇÃO DE RECURSOS DO CANAL,[92] UMA REPRODUÇÃO

(*Cenário: um estúdio de TV de um canal público*)

(*Um homem de óculos e uma mulher cujos dentes são grandes demais para sua boca estão parados em frente a uma mesa repleta de pessoas atendendo telefonemas*)

**HOMEM DE ÓCULOS**: E bem-vindos de volta!
**MULHER CUJOS DENTES SÃO GRANDES DEMAIS**: Esperamos que você esteja gostando da apresentação especial da noite: *Os cinco barítonos cantam os maiores sucessos de Joan Baez.*
**H.D.O.**: Estou adorando! É o melhor programa da televisão.
**M.C.D.S.G.D.**: É mesmo.
**H.D.O.**: Mas o que eu também adoro nessa época do ano é ouvir o som dos telefones tocando. Porque isso significa que estamos recebendo doações de vocês, nossos fiéis espectadores. Lembrem-se: não podemos fazer nosso trabalho, tão importante para a comunidade, sem a sua generosa contribuição.

92. Quer saber de uma coisa engraçada? Eu não odeio todos os canais de TV. Só a emissora que o meu pai dirige.

**M.C.D.S.G.D.**: É, isso mesmo.

**H.D.O.**: Então faça a sua ligação, certo? Tanya, que prêmios estamos oferecendo agora?

**M.C.D.S.G.D.**: Bem, doando apenas quarenta dólares, você ganha essa bela caneca de café.

**H.D.O.**: Estou vendo direito? Tem um desenho nessa caneca?

**M.C.D.S.G.D.**: Tem sim. É um desenho do grande poeta T.S. Eliot, só que ele está vestido de Garfield, o gato...

**H.D.O.**: (*risada falsa*) Isso é engraçado!

**M.C.D.S.G.D.**: É mesmo! Sua estante ou prateleira vão ficar lindas, e até mesmo para beber café...

(*Uma comoção no set. Os telefonistas abaixam os fones e começam a conversar aos sussurros. Alguns ficam de pé.*)

**M.C.D.S.G.D.**: O que está acontecendo?

**H.D.O.**: Desculpe, pessoal, parece que está ocorrendo alguma confusão no...

(*Sheldrake aparece em frente às câmeras.*)

**SHELDRAKE**: Espero não estar atrapalhando.

**H.D.O.**: Ai, meu Deus! Pessoal, temos um convidado surpresa no estúdio. É o empresário favorito de Omaha, Lionel Sheldrake!

**SHELDRAKE**: Por favor, desculpem-me pela interrupção...

**M.C.D.S.G.D.**: Não seja bobo!

**SHELDRAKE**: Mas eu estava em casa, assistindo ao programa de captação de recursos, e pensei comigo mesmo: "Lionel, você precisa ir até lá e fazer alguma coisa."

**H.D.O.**: Então você é um fã do nosso canal?

**SHELDRAKE**: Não, nem um pouco.

**H.D.O.**: Você não é?

**SHELDRAKE**: Foi o que eu disse. Normalmente, prefiro limpar meus dentes com as cordas de um piano do que assistir a um canal de TV.

**H.D.O.**: Erm...

**SHELDRAKE**: Quero dizer, gosto quando vocês exibem os filmes do Sherlock Holmes, mas eu posso simplesmente baixar na internet, não é?

**H.D.O.**: Erm...

**SHELDRAKE**: Enfim, é meio idiota fingir que um programa de televisão é melhor para você do que qualquer outro programa de TV, não é mesmo? Todos os programas não passam de uma maneira de perder tempo. Principalmente quando o suposto "bom" programa é algo tão ridículo quanto *Os cinco barítonos engolem seu próprio vômito.*

**M.C.D.S.G.D.**: É mesmo.

**H.D.O.**: Tanya!

**M.C.D.S.G.D.**: Desculpe... foi tão automático...

**H.D.O.**: Para sua informação, os barítonos estão cantando Joan Baez, seus...

**SHELDRAKE**: Tanto faz. Então, quanto vocês estavam esperando arrecadar?

**H.D.O.**: Como?

**SHELDRAKE**: Com essa farra de captação de recursos. Quanto?

**H.D.O.**: Bem, nosso objetivo este ano é chegar a um milhão de dólares. Provavelmente vamos perder um pouco, mas com a generosa contribuição de nossos espectadores em casa, e muitos deles *amam* os Cinco Barítonos e as décadas de experiência musical que eles representam...

(*Sheldrake retira uma folha do talão de cheques e entrega para o Homem de Óculos.*)

**SHELDRAKE**: Sim.
**H.D.O.**: O que é isso?
**SHELDRAKE**: Um cheque de dois milhões de dólares.
**H.D.O.**: Dois milhões de dólares! Uau! Sr. Sheldrake, isso é maravilhoso! Acho que, na verdade, o senhor entende o valor da programação local de qualidade...
**SHELDRAKE**: Agora acabe com essa palhaçada.
**H.D.O.**: Como?
**SHELDRAKE**: Odeio ver alguém implorando. E o senhor é do pior tipo. Me dá náuseas. Estou disposto a pagar o que for para que cale a boca. Então, aqui está o dinheiro. Agora desliguem as câmeras, mandem esses pobres coitados que estão atendendo os telefonemas para casa e acabem com isso.
**H.D.O.**: Encerrar a captação de recursos?
**SHELDRAKE**: Isso mesmo.
**H.D.O.**: Mas esta é só a *primeira* noite...
**M.C.D.S.G.D.**: Pelo amor de Deus, Oliver, pegue o cheque!
**H.D.O.**: Estaríamos vendendo nossas almas!
**M.C.D.S.G.D.**: Eu não me importo. Só não quero mais olhar para canecas de café idiotas e barítonos gordos e idiotas e ir para casa tomar um banho demorado.

**SHELDRAKE**: Fechado?
**H.D.O.**: Erm...
**SHELDRAKE**: Ótimo. Foi bom conhecer você.

(*Sheldrake sai. A Mulher Cujos Dentes São Grandes Demais segue Sheldrake, assim como as pessoas que atendiam os telefonemas. O Homem de Óculos encara a câmera com um olhar perdido*)

**H.D.O.**: Bem, eu... Acho que com isso encerramos nossa temporada de captação de recursos da primavera. Algumas vezes, a maneira como as coisas acontecem é engraçada e... Isso é ótimo, então... Agora, sem nenhuma outra interrupção, voltamos aos... Cinco Barítonos... (*suspiro prolongado*) Continue gravando, Charlie. Apenas continue com a maldita gravação.

# Capítulo 26
## UMA VISITA À IMPONENTE RESIDÊNCIA DE SHELDRAKE

— Que casa linda — diz Verna Salisbury, passando o dedo sobre o sofá forrado de seda.

— Obrigado — diz Sheldrake. — Eu mesmo decorei.

Na verdade, *eu* decorei, e sei que Lionel odeia o que fiz. É basicamente uma série de antiguidades francesas do século XVII esculpidas de maneira rebuscada e painéis com imagens de cavaleiros enfrentando dragões. Lionel diz que lembra o banheiro feminino de um restaurante metido a besta, mas eu acho importante que a residência do quarto homem mais rico do mundo cause determinada *impressão.*

— Quem é aquele? — pergunta Verna, apontando para mim. Ela é bonita, de uma maneira intensa e inteligente. Olhos brilhantes, cabelo preto curto e sobrancelhas arqueadas. Óculos de tartaruga empoleirados na ponta do nariz alongado como uma flauta.

— É o meu avô — diz Lionel. — Não preste atenção nele. Ele vive num mundo particular.

— Bloogle — digo. Meu rosto pinica, mas não posso coçar; não quero estragar nenhuma das minhas rugas recém-adquiridas.

— Vi você na TV outro dia — diz Verna. — Você acabou mesmo com aquele cara.

— Bloogle! — grito, feliz, batendo palmas. — Bloogle!

— Vovô, por favor, acalme-se. — Sheldrake segura o braço da minha cadeira de rodas com firmeza. Ele já sabe como estou feliz com a performance dele no canal de TV do meu pai. Hoje de manhã, doei um novo prédio para a Escola de Medicina da Universidade de Cornell em nome de Lionel.

— Então, Srta. Salisbury — diz Sheldrake, conferindo à voz um tom de estamos-aqui-a-negócios. — Como está evoluindo em sua tarefa?

— Não poderia estar melhor — responde ela. — Tenho os dois, Scott e Randy, na palma da minha mão. Para ser sincera, depois de tanto tempo em Washington, eu tinha me esquecido de como as pessoas podem ser tão...

Ela hesita, procurando pela palavra adequada.

— Ingênuas? — sugere Lionel.

Ela balança a cabeça.

— Não. *Sinceras*. Eles são realmente adoráveis.

— Então não a incomoda... o romance com o Sr. Sparks.

Os lábios de Verna se torcem, formando um sorriso torto.

— Eu não chamaria de romance. Ele me dá um beijo na bochecha depois que assistimos a um filme. Mas não, não me incomoda. Como eu disse, ele é adorável.

— Bloogle — digo, sério, orientando Lionel a chegar ao cerne da questão.

— Srta. Salisbury, receio que a campanha que está administrando para Randy Sparks talvez não seja tão sólida quanto eu gostaria que fosse. Não pode parecer uma piada. Deve parecer que ele realmente tem uma chance de ganhar.

— Você quer que ele perca, certo? — diz Verna.

— Sim, esse é o acordo.

Ela dá um sorriso torto novamente.

— Então não pode pedir que eu me empenhe tanto na campanha. Quero dizer, Randy não é do tipo líder nato, mas esse idiota com quem ele está concorrendo é um fracassado *autêntico*. Eu o vi uma vez quando estava buscando Randy na escola. Um metro e meio, uns 90 quilos, talvez. Parece burro como um poste. Ouvi-o falando uma vez, quando o pegaram enfiando salsichas num pote de geleia de uva...

— Bloogle! — grito. — Bloogle!

— Quietinho, Vovô — diz Verna. — Enfim, esse menino, Oliver, é simplesmente *estranho*. Quando ele anda, parece um ovo de avestruz cambaleando pela rua...

— Bloogle!

Sheldrake faz um gesto para que ela pare de falar.

— Basta, Srta. Salisbury. Obrigado. Apenas me faça o favor de dar a Randy uma campanha mais verossímil. Não se importe em vencer. Se ele começar a se sair bem *demais*, simplesmente você irá sabotar o discurso dele no dia da eleição. Combinado?

— O.K., continue mandando os cheques e eu farei o que quiser — responde Verna, rindo. Sua risada é charmosa. Ela provavelmente poderia concorrer a algum cargo público se realmente se importasse com alguma coisa.

Mas, como a maioria das pessoas, a única coisa com a qual ela se importa é grana. O que faz dela alguém muito fácil de controlar.

E que fique registrado: eu não estava enfiando salsichas no pote de geleia de uva.

Era geleia de morango. Recomendo que você experimente um dia desses. Uma delícia!

# Capítulo 27

## DE REPENTE, MINHA CASA TEM CHEIRO DE GLOSS

Tatiana transformou minha garagem no QG DA CAMPANA WATSON P/ PRESDENTE. É claro que deveria estar escrito QUARTEL-GENERAL DA CAMPANHA WATSON PARA PRESIDENTE, mas Tati deixou que Liz Twombley escrevesse o cartaz que está na entrada, e Liz aprendeu a soletrar enviando torpedos.

Sob o comando de Tatiana, a garagem se parece com a oficina do Papai Noel. Liz e Logan Michaels são os duendes, pregando cartazes, derrubando tinta, cola e purpurina sobre o capô do Buick de Mamãe. Tati é um Papai Noel do mal. Ela senta em uma cadeira dobrável, apoiando suas costas na parede, folheando a pilha de revistas *Mundo da costura* da minha mãe e gritando com Logan e Liz sempre que um deles descansava por mais de dois minutos.

— Mexa esse rabo, Michaels — ela ordena. — Esse toucinho frito não pode se eleger sozinho.

Eu e Mamãe observamos os três pela janela enquanto como meu queijo quente da tarde. O sanduíche está farinhento; um pouco da purpurina de Tati voou até a cozinha.

Minha mãe tem uma expressão séria no rosto enquanto vê as meninas trabalhando. Depois de pensar por um longo tempo, ela finalmente diz:

— Oliver.

E eu digo:

— Sim, mãe.

E ela diz:

— Sei que as garotas estão apaixonadas por você. Mas não se comprometa assim tão cedo. Você tem tempo de sobra para encontrar a garota certa.

Eu assinto e prometo que vou consultá-la antes de me casar.

O rosto anguloso de Tati aparece na porta.

— Ei, bobão, adivinha? Temos um espião na campanha do Sparks.

— O que você... Pare com isso, Lolli! — Lollipop enfiou o nariz por debaixo do suéter de Tatiana para lamber a barriga dela. Mas Tati está rindo e não parece se importar.

— Tudo bem. Eu também tenho um cachorro e ele faz a mesma coisa. Mas escute aqui, Gorduchinho. Alguém está me passando torpedos com os slogans que estarão nos cartazes de Randy Sparks. Sabe o que isso quer dizer? Podemos *reagir* aos slogans dele antes mesmo de os cartazes estarem expostos.

— Mas quem faria isso? — pergunta minha mãe, que observa Tatiana com desconfiança.

Tati lança um olhar sério na direção dela.

— A equipe Gorduchinho tem espiões em todos os lugares, mãe do Gorduchinho.

Mamãe dá uma fungada, fingindo não se importar. Ela não gosta mais de Tatiana. Não acho que seja porque não gosta que Tatiana me chame de Gorduchinho ou Jamanta ou Fazendão.[93] Se eu não a conhecesse, diria que Mamãe está com ciúmes. Muito estranho.

Liz entra correndo em zigue-zague, chacoalhando e rindo de forma descontrolada dentro de seu short jeans. O rosto dela está todo marcado por restos de cola branca; parecem espinhas.

— Posso usar o seu banheiro, Sra. Watson? — ela grita. — Logan jogou purpurina dentro da minha calcinha e está coçando pra caramba.

93. Esse apelido é novo.

— Vá em frente, querida — diz Mamãe, num tom de voz gelado. Viram? Ela nem gosta mais de Liz também, e Liz é *boazinha.*

— Boa menina! — diz Liz, afagando a cabeça de Lollipop enquanto toma o rumo do banheiro. Estou começando a achar que Liz é mais esperta do que parece.

— Você quer fazer um cartaz, Mãe do Gorduchinho? — pergunta Tati, de uma hora para outra soando bem-educada. — Seria, tipo, uma honra. Temos material de sobra. Roubamos tudo do escritório do pai da Liz.

Fico encarando Tati, embasbacado. Nunca a vi tratando um adulto de forma tão respeitosa antes.

Mamãe morde o lábio e lança um olhar engraçado para Tati.

— Você tem certeza de que quer a minha ajuda? Achei que vocês estivessem com tudo sob controle.

— Ah, não, de forma alguma, Sra. Mãe do Gorduchinho. Precisamos muito dos seus experientes conselhos e tudo o mais.

Parece que Mamãe ganhou na loteria.

— Bem, se vocês *precisam* de mim, eu não poderia negar, certo? — E ela tira seu avental e segue na direção da garagem.

Tatiana observa enquanto Mamãe se afasta e sorri. Ela não parece mais tão bem-educada. Dá uma piscadela para mim e diz:

— São como violinos. Você só precisa saber como tocá-los.

Em seguida ela sai e bate a porta na minha cara.

É assim que nos sentimos quando estamos apaixonados?

## Capítulo 28
### AÇÃO E REAÇÃO

*

*(N. do T.: Em inglês, sparks significa faíscas.)

POR QUE
OPTAR
POR
FAÍSCAS
QUANDO
VOCÊ
PODE
TER UM
TROVÃO?
OLIVER PARA
PRESIDENTE!!!

VOTAR EM
RANDY
SPARKS
É VOTAR NO
ESPÍRITO
ESCOLAR!
VOTE EM
RANDY!

VOTAR EM
OLIVER
WATSON
É VOTAR NA
AMÉRICA!!!

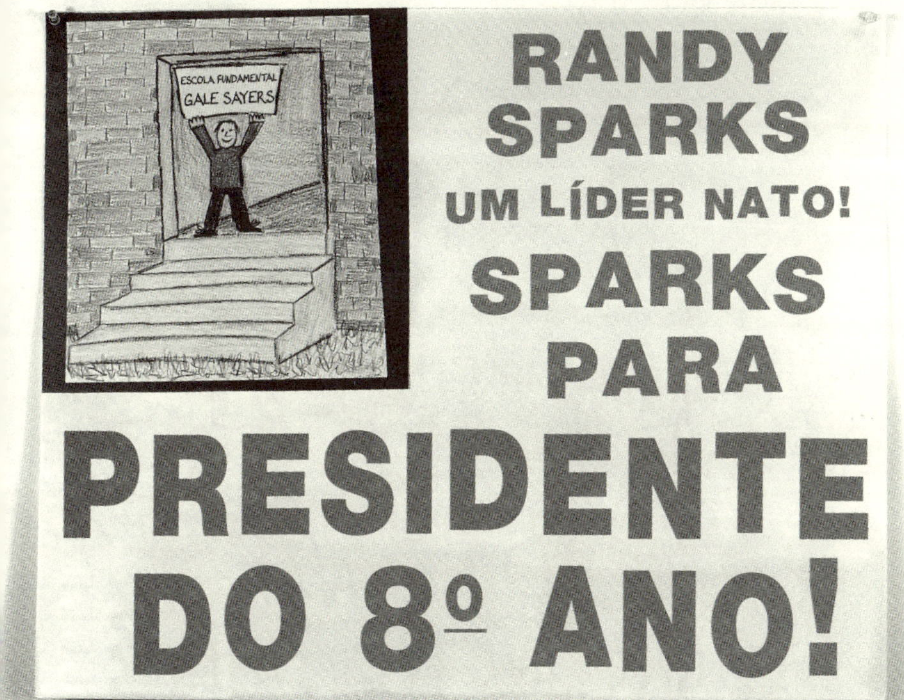
ESCOLA FUNDAMENTAL
GALE SAYERS
RANDY
SPARKS
UM LÍDER NATO!
SPARKS
PARA
PRESIDENTE
DO 8º ANO!

[94]

94. Tati fez esse.

# Capítulo 29

## RECONSTRUÇÃO TOTAL — EDIÇÃO BOBÃO

Randy Sparks está com ótima aparência.

Quero dizer, *ótima* não. Ele ainda é Randy Sparks, no fim das contas. Mas Verna o arrumou bem direitinho. Agora ele penteia o cabelo. Ele tem um novo par de óculos que não é torto nem arranhado ou colado com durex. Ele tem tomado banho mais vezes também; seu rosto não parece ter uma camada de saliva de bode por cima.

As blusas dele não têm mais manchas de suor debaixo do braço, mas só porque Verna jogou fora todas as blusas velhas do Randy e comprou novas, em cores alegres e chamativas. Eu paguei por elas, é claro.

Mas as blusas já estão se pagando. Há menos de dez minutos, uma garota notou sua existência pela primeira vez na vida dele. Eu presenciei esse momento importante. Ela passou pela nossa mesa na lanchonete e disse:

— Camisa legal, Randy. — Ele ficou tão surpreso que esqueceu de respirar por, tipo, três minutos e quase desmaiou e caiu de cara no pudim.

Mas não fique muito impressionado. A menina era India Danko, uma fêmea muito fraquinha que tem uma narina maior do que a outra. E todo mundo odeia India porque ela rouba. Mas, definitivamente, ela é uma *garota*, o que já significa alguma coisa. Sei que para o Randy significa; ele está sorrindo desde então.

Depois das melhorias, Randy é apenas o Quinto Garoto Mais Ridículo da Escola. Os novos no ranking são:[95]

| NOME DO GAROTO RIDÍCULO | O QUE O FAZ SER RIDÍCULO |
|---|---|
| 1. Ted Philips | Chorou no primeiro dia de aula depois que sua mãe o largou na entrada. |
| 2. Benito Guzman | Tão tímido que come seu lanche debaixo da mesa. |
| 3. Parker Albanese | Não sabe que Mitch Markham zomba dele pelas costas. |
| 4. Mitch Markham | É o melhor amigo de Parker Albanese. |
| 5. Randy Sparks | É Randy Sparks. |

— Randy — digo, enquanto raspo com habilidade o creme do meu cupcake. — Você gosta da India?

Ele fica cor-de-rosa.

— Uh... não. Quero dizer, eu não gosto *mesmo* dela. — Em seguida, ele pensa a respeito e diz: — Na verdade, não

95. Claro que eu não apareço na lista, pois só *finjo* ser ridículo.

gosto nem um pouco dela. Ela roubou minha jaqueta ano passado.

— Acho que, talvez, ela goste de você.

Ele pensa mais um pouco a respeito daquilo.

— É — diz. — Eu não sei... Mas talvez ela goste, sim.

Ele tenta dar uma mordida no seu sanduíche de atum, mas é meio difícil comer quando se está rindo de orelha a orelha.

Tenho orgulho de Randy. Aos poucos, ele está se tornando digno de ser esmagado por mim.

# Capítulo 30

## SEREI BEM HONESTO: ESSA ME PEGOU DE SURPRESA

Há algo de podre no estado de Nebraska.

Isto é, o pé de Alan Pitt, que tem cheiro de bunda. Rá rá rá.

Mas sem brincadeira agora.

*Sério*, eles têm cheiro de bunda. Rá rá rá duplo!

Desculpe, desculpe. Estou espirituoso. As coisas parecem realmente estar se encaixando —, mas não da forma que eu esperava.

Por exemplo: sempre me preocupou que Mamãe não tivesse muitos amigos. Para ser mais claro, ela nunca teve amigo *algum*. Não que ela não seja uma pessoa amistosa. Vi enquanto ela tentava fazer amizade com as outras mães nas reuniões de turma e feiras da escola. Elas sempre são bem receptivas no início, sempre dizem coisas amáveis, mas, em seguida, sempre, sempre, sempre acabam ignorando a minha mãe.

As outras mães ficarão paradas em círculo, fofocando e rindo umas com as outras, evidentemente se divertindo como nunca. Mamãe estará parada sozinha, do outro lado da sala, presa à mesa das comidinhas, observando as demais de maneira patética. É como se elas pudessem *farejar* algo de errado com Mamãe. Como cachorros selvagens expulsando um membro doente do bando.

No passado, já contratei atores para serem amigos da minha mãe, mas ela consegue farejar algo de errado com *eles* e, invariavelmente, começa a evitá-los e diz que eles são "falsos". Mamãe é boa nisso.

E é por isso que estou feliz por ela, finalmente, ter amigos. Tudo bem, são meninas de 12 anos, mas já é um começo.

Um dia depois de Tati chamar Mamãe para ajudar a fazer os cartazes, O QG DA CAMPANA WATSON P/ PRESIDENTE foi transferido da garagem para a cozinha. Agora, todos os dias, assim que somos liberados da escola, Mamãe se senta na bancada com Logan e Liz, gargalhando em meio a uma nuvem de purpurina. Tati senta-se na mesa da cozinha, pintando as unhas e ordenando que os demais "parem de tagarelar como idiotas e voltem ao trabalho". É uma gracinha.

Mas suspeito que elas estejam armando alguma. Ontem, fui pegar um bolinho recheado[96] na geladeira e todas elas

96. É claro que eu tenho um depósito cheio de bolinhos recheados gelados lá embaixo, mas, de algum modo, eles têm um gosto melhor quando é Mamãe quem os põe na geladeira.

se calaram quando eu entrei na cozinha. Ficaram me encarando e sorrindo de um jeito esquisito, como se eu tivesse uma meleca grudada na bochecha.[97] A expressão de Liz foi particularmente intensa — os olhos dela estavam saindo para fora, como se ela estivesse prendendo a respiração. E, de repente, ela solta:

— Temos uma surpresa para você, Ollie!

Logan deu um beliscão maldoso no cotovelo dela e disse:

— Não era pra você contar.

Liz parece inflexível:

— Eu não disse o que *é*, Logan!

— Parem com isso — diz Tati. — Liz, dez flexões por ter aberto o bico. Logan, você faz vinte pelo pontapé que deu nela. Eu sou a responsável pela disciplina aqui.

Imediatamente, Logan e Liz se jogam no chão e começam a gemer entre uma e outra flexão malfeita.

Aquilo era intrigante. Virei-me para minha mãe e arregalei os olhos o máximo que consegui.

— Qual a minha surpresa, mãe? É chocolate?

---

97. Não tinha meleca alguma, eu verifiquei.

Ela sorriu e chegou a abrir a boca para me responder, mas Tati levantou um dedo, advertindo:

— Você está querendo se exercitar, Mãe do Gorduchinho?

Mamãe fechou a boca.

Então Tatiana esticou sua pequena boca em um sorriso de crocodilo e disse:

— Não fique todo animadinho, Gorduchinho. Estávamos apenas conversando sobre assuntos da campanha. A única novidade é que o nosso espião na campanha de Sparks parou de me mandar torpedos com as ideias deles para os cartazes. Então, você sabe, temos que nos esforçar mais para que você seja eleito. E é só.

Por algum motivo, eu não acreditei que aquela era a surpresa sobre a qual elas estavam falando. Mesmo assim, para mim *era* surpreendente; Verna estava ficando preguiçosa. Decidi descontar do próximo pagamento dela.

Em seguida, Mamãe me enxotou de lá. Quando eu já estava na metade do corredor, elas começaram a rir de novo.

É simplesmente a coisa mais encantadora que já vi: minha mãe faz parte do grupo.

# Capítulo 31
## RECONSTRUÇÃO TOTAL — EDIÇÃO SUPERBOBÃO

Moorhead está com ótima aparência.

Quero dizer, *ótima* não — ele ainda é Moorhead, no fim das contas —, mas ele pelo menos está melhor do que antes. Ele está um pouco mais magro. O cabelo está mais arrumado. Os dentes dele já não são mais tão amarelos; é muito provável que ele tenha se aventurado no maravilhoso mundo das pastas de clareamento dental.[98]

Mas a maior mudança está na sua atitude. Há uma certa presunção na maneira como o homem caminha esta manhã. Um brilho no olhar. Sua boca carnuda e convencida está ainda mais carnuda[99] e mais convencida que o normal.

— Estão todos gostando de *Vidas sem rumo*? — pergunta ele de maneira retórica enquanto se exibe pelas fileiras. — Espero que sim. É um dos meus favoritos.

98. Conforme recomendação do cigarro número 5.

99. Talvez só pareça mais carnuda porque o resto do corpo dele está mais magro.

Estou surpreso por ouvir isso já que a) Eu na verdade gosto de *Vidas sem rumo*; e b) Eu não sabia que estávamos lendo *Vidas sem rumo*. Uma olhada rápida na sala me prova que sou o único que ainda está segurando um exemplar de *Fahrenheit 451*. Talvez eu precise prestar mais atenção na aula.

Mas não fui o único que deu uma olhada na sala. Moorhead aparece atrás de mim e pega o livro da minha mão.

— Ainda não terminou a obra do Sr. Bradbury, Oliver? — Ele vira a cabeça para que todos na sala possam ver seu rosto triunfante. — Acho que *alguém* tem andado ocupado demais com cartazes de campanha para acompanhar a leitura.

Ele espera que a já esperada risada generalizada cesse para devolver o exemplar de *Fahrenheit 451* para mim. Sorrio para ele, agradecido, e digo:

— Gosto da parte na qual eles queimam os livros.

Aquilo faz o beiço dele cair um pouco — só um pouco —, mas logo ele se recompõe e volta para sua mesa.

— Queimar livros é notícia velha, Ollie — fala pausadamente enquanto repousa uma das mãos em um exemplar gasto de *O arco-íris da gravidade*. — Hoje estamos falando sobre como pôr fogo na sua *imaginação*!

É como se ele tivesse encontrado novos níveis de baboseiras.

Por que essa confiança toda? Ele ganhou na loteria? Foi hipnotizado? Só estar próximo de um livro genuinamente "inteligente" aumenta suas forças?

A resposta chega pela escuta que está em meu ouvido. É uma conversa gravada há cerca de uma hora na Sala dos Professores.

(*Som ambiente da Sala dos Professores*)

(*Som de alguém bebendo café e virando as páginas de um livro*)

**SOKOLOV** (*se aproxima e murmura, entre dentes*): Idiotinhas... esquisitos... mongos...
**MOORHEAD**: Oi, Lucy.
**SOKOLOV** (*irritada*): Oi...
**MOORHEAD**: Tudo bem? Estou sentado aqui... lendo.
**SOKOLOV**: Eu notei (*em seguida, um engasgo de surpresa*)... Você gosta de Pynchon?
**MOORHEAD**: Eu não sei. Nunca pinchei.

Vamos parar aqui por um minuto, certo?

Sr. Moorhead, posso dizer *bravo*? Telepaticamente, se não há outra maneira.

*Bravo!*

"Você gosta de Pynchon?" "Eu não sei, nunca pinchei" — exatamente o tipo de trocadilho tão-idiota-que-é-inteligente encontrado tanto na obra de Vladimir Nabokov quanto na de Thomas Pynchon. É o tipo de coisa que me faz suspeitar que talvez *ele esteja mesmo lendo o livro.*

Voltemos agora à conversa em andamento, depois que as risadinhas terminaram.

**SOKOLOV**: Isso é engraçado.
**MOORHEAD**: É, eu não sei... Simplesmente me veio à cabeça... "Pynchon."

(*Mais risadinhas*)

**MOORHEAD**: Então... Quer café?
**SOKOLOV**: Quer saber? Por que não? Mas descafeinado, por favor.

E isso, meus amigos, explica o sorriso estampado no rosto do Sr. Moorhead.

Ele fez um gol? Não. Ele chegou a entrar na pequena área? Nem pensar. Mas ele comprou um ingresso para a partida? Pode apostar.

Ele flutua pela sala de aula envolto por uma nuvem de amor. É fascinante: o Moorhead Feliz é ainda pior como professor do que o Moorhead Normal. Ele não percebe que Jack Chapman está passando um bilhetinho para Shirelle Bunting. Ele não percebe que Pammy Quattlebaum está exibindo o seu exemplar de *O arco-íris da gravidade* em um esforço patético de ganhar o respeito dele. Tudo o que ele consegue ver é um futuro cor-de-rosa e apaixonado ao lado de uma mulher que ele não sabe, mas deixará sua vida miserável.

Isso merece uma comemoração. Vou mandar um presente para ele.

— Uma dúzia de cigarros vermelhos, envoltos por um laço, todos com a mensagem: MUITO BEM, SIR — murmuro enquanto meu corajoso e careca Romeu se empertiga envaidecido diante do quadro-negro.

Eles crescem tão rápido.

# Capítulo 32

## SÓ MAIS UMA ASSEMBLEIA ESCOLAR

Se você quer criar um milharal, plante as sementes em um solo fértil.

Se você quer criar um boato, plante as sementes na multidão.

Os boatos florescem nas multidões. Toda aquela gente espremida junta. Todas aquelas línguas desesperadas para falar. Todos aqueles ouvidos desesperados para ouvir. E os únicos capazes de impedir as línguas de repetir uma história idiota qualquer captada pelos ouvidos são uns cérebros muito, muito pequenos. E esses cérebros pequenos acreditam em qualquer coisa.

Aquela é uma multidão de respeito. Pelo menos, é a maior concentração de pessoas possível se tratando da Escola Fundamental Gale Sayers. Todas as crianças do sexto, sétimo e nono anos — ainda que os alunos do nono ano estejam indo para o ensino médio ano que vem e não possam votar nas eleições. E trouxeram os alunos das três turmas do quinto ano, ainda que eles não possam votar também, só para terem um gostinho de quanto a política estudantil é importante.

Mais os pais de todos aqueles alunos. Muitos pais para muitos alunos. Jornalistas. Curiosos. Policiais.

É tanta gente que o diretor Pinckney teve que transferir a assembleia para o estacionamento, já que o auditório não comportaria todo mundo. E todos estão simplesmente lá, parados, como gado confinado, de frente para o palco. Repórteres de jornais de um lado, telejornalistas do outro, gente comum apertada no meio. Todos cercados por cerca de uma dúzia de vans estacionadas na área com suas antenas parabólicas viradas para o céu. Tudo aquilo porque o grande Sheldrake faria um discurso.

São três os boatos circulando pela multidão nesse instante. Um diz que RANDY SPARKS DORME PELADO. Esse deveria deixar todos apavorados ao imaginar a aparência de Randy Sparks sem roupas. Faz também com que pensem que ele é algum tipo de hippie esquisito que curte nudismo e gosta de estar em contato com seu corpo e coisas nojentas do tipo.[100] Na verdade, quando dorme, Randy usa uma camiseta bem larga e cueca, mas ele teria que levar fotos para provar.[101] Minhas instruções foram para

---

100. Eu uso pijamas de flanela decorados com trenzinhos, embora esteja ficando difícil encontrá-los no meu tamanho.

101. Meu Departamento de Pesquisa pode oferecer essas fotos se ele precisar. Eles têm montes.

que esse boato fosse disseminado na parte de trás da multidão. Quero ver a repulsa no rosto das pessoas à medida que o boato avança.

O segundo boato diz que RANDY SPARKS ODEIA PIZZA. No mínimo, esse boato vai assustar mais as pessoas do que imaginar como é o Randy pelado. Quem não gosta de pizza? Comunistas? Terroristas? Terroristas comunistas? Alguém cruel, isso é certo. Estou espalhando essa história na parte da frente da multidão.

O terceiro boato circulando diz que O GAROTO GORDINHO PODE INCENDIAR COISAS COM O PODER DA MENTE. Na verdade, eu não inventei esse — foi Tatiana. Ela teve sozinha a ideia de inventar um boato (grandes mentes pensam parecido e tal; ela não sabe nada sobre os boatos que eu inventei). Não tenho certeza sobre o que ela pretende com isso — talvez, fazer com que as pessoas pensem que eu posso incendiá-las se não votarem em mim? Ah, Tati. Você circula pelo mundo como um cachorro de raça folheado a ouro, espalhando medo e raiva por onde passa.[102]

Estou no palco agora, junto com os demais candidatos. Eu, Randy (seu cabelo grudado no couro cabeludo cheio de gel) e os outros brilhantes alunos do oitavo ano estamos sentados do lado esquerdo do diretor Pinckney. Ele está parado em frente a um púlpito fazendo sua apresentação.

---

102. Lembrar-me de comprar um presente para ela.

— ... embora não seja filho da nossa honesta cidade, ele a deixou famosa no ramo da indústria...

Os brilhantes alunos do sétimo ano sentam à direita de Pinckney. Na primeira fila estão nossos pais. Bem, não todos — Papai está em casa, mal-humorado. Desde a temporada de doações, ele não tem sido o mesmo. Para ser sincero, pensei que cancelar o período de doações fosse dar a ele mais tempo para prestar atenção nas eleições. Eu não tinha calculado como ele era imaturo.

Entretanto, Mamãe está aqui com suas novas BFFs: Logan Michaels e Liz Twombley. As três estão usando camisas cor-de-rosa que trazem estampado: TIME GORDUCHINHO. Tatiana está à frente das três, usando um quimono rosa de seda que, misteriosamente, apareceu no cesto de roupas da mãe dela ontem. Ele tem dragões dourados e roxos bordados e uma gola firme que salienta as maçãs do rosto de Tati, como as asas de uma esmeralda. Nunca imaginei que ela realmente o usaria na escola. De alguma forma, ela está conseguindo passar despercebida.

Seus braços estão cruzados em frente ao peito, as mangas revoltas. A expressão em seu rosto é determinada enquanto tenta ouvir o discurso de Pinckney, o que não é fácil, porque Mamãe e as meninas estão beliscando umas às outras e rindo logo atrás. Tati levanta uma das delicadas mãos cor de leite achocolatado e estala os dedos; Mamãe, Liz e Logan calam a boca na mesma hora.

Verna Salisbury também está aqui, seus braços envoltos de maneira convincente na cintura de Scott Spark. Ela realmente está levando esse negócio de namorada a sério. Scott vira o rosto a cada dez segundos apenas para garantir que ela está mesmo ali. Verna lança olhares encorajadores para Randy, que sorri bravamente, mas, na verdade, aparenta querer mijar nas calças. Eu teria pena dele, mas é sabido que ele é um esquisito, um nudista antipizza.

Pammy Quattlebaum e outros puxa-sacos também rastejaram para seus lugares na primeira fila. Todos, e quero dizer todos mesmo, estão desesperados para ouvir o que o grande homem tem a dizer.

— Então, sem mais...

Aplausos estrondosos quando Sheldrake surge de trás de sua legião de seguranças. É interessante vê-lo desse ângulo, mais ou menos como os outros o veem; como uma figura de poder que deve ser respeitada. Ele chega ao púlpito vestido com seu casaco despojado de tweed, cabelo louro sedoso flutuando com a brisa, parecendo muito mais um professor extremamente inteligente do que um Líder da Indústria.

— Especulou-se muito sobre os motivos que me fizeram querer discursar na assembleia da Escola Fundamental Gale Sayers e falar sobre eleições do conselho estudantil. Posso garantir, não tenho nenhum motivo sinistro oculto... A não ser garantir que seu chefe vença as eleições.

— ... tenho, simplesmente, profunda e permanente fé no poder da democracia representativa; e quando percebi que a temporada de eleições estudantis havia chegado novamente, pedi ao Sr. Pinckney que me deixasse dizer algumas palavras a vocês, futuros líderes dessa grande nação, sobre o precioso direito que estão prestes a exercer pela primeira vez.[103] Sobre a importante decisão que estão prestes a tomar...

Tudo isso não passa de uma grande embromação sem sentido da qual ele está se aproveitando para chegar ao que importa. Este é o momento. Agora. Sheldrake diz ao bom povo como, de forma inesperada, ele conheceu um jovem que tem todas as qualidades de liderança e honestidade que alguém pode desejar em um presidente de turma.

— De uma hora para outra, aqui nessa assembleia, conheci um jovem rapaz que tem todas as qualidades de liderança e honestidade que alguém pode desejar em um presidente de turma.

Sheldrake vai confessar que os atributos desse jovem rapaz podem não parecer evidentes a olho nu, mas Sheldrake tem um bom pressentimento em relação a ele.

— Oh, talvez não seja evidente a olho nu... Mas deixem-me dizer uma coisa: tenho um bom pressentimento em relação a esse jovem rapaz.

103. Eu ouço Alan Pitt exercendo seu precioso direito todos os dias antes do almoço. Rá.

E embora ele não esteja dizendo a ninguém em quem devem votar, os brilhantes alunos do oitavo ano talvez queiram conferir com atenção Oliver Watson Junior.

— E longe de mim dizer em quem devem votar, mas os brilhantes alunos do oitavo ano aqui presentes talvez queiram conferir com atenção...

E é quando a bomba explode.

Pelo menos, eu acho que é uma bomba. Não sou especialista nessas coisas, mas a parte do palco na qual estava Sheldrake não está mais ali. E ouve-se um BUM que soa como a descarga do banheiro de Deus. Então alguém berra: "A vingança é nossa! A vingança é nossa!", e todos começam a gritar.

Um empurra-empurra generalizado, pânico. As pessoas correm em direções diferentes, uns contra os outros, em círculos. A Srta. Broadway está sentada numa cadeira, gritando a plenos pulmões coisas idiotas, como "terroristas" e "extraterrestres." O vice-diretor, Hruska, tenta trazê-la de volta à realidade dando um tapa no seu rosto. Ela quebra o nariz dele com o cotovelo.

O palco está balançando de maneira selvagem, como se fosse feito de gelatina. Randy, que está caído no meu colo,[104] sussurra "Uau". Mas, de onde estou sentado, a visão mais interessante é a dos repórteres dos jornais

104. O cabelo dele tem cheiro de abacaxi.

misturados à multidão; eles não entram em pânico. Em vez disso, simplesmente largam seus notebooks — como se estivessem esperando por esse momento — e puxam feios porretes de dentro dos casacos; então correm pelo palco, parecendo um pelotão de mercenários bem treinado. São eles que gritam "Vingança!".

Eles deveriam tomar o palco com facilidade — se não fosse o pelotão inimigo que surge da multidão para enfrentá-los. São os repórteres de TV e seus câmeras, que, de forma misteriosa, pegaram suas próprias armas e estão se engajando em uma luta com os caras dos jornais bem na frente do palco, enquanto as outras pessoas procuram se proteger.

Minha mãe está congelada em seu assento, os olhos fixos em mim; está claro que ela está desesperada para salvar seu garotinho feliz.

— Marlene — grita Tati. — Corra! — Mas nem mesmo o notável carisma de Tatiana é capaz de convencer Mamãe a me abandonar para se proteger. Logan e Tati puxam a saia da minha mãe, mas não adianta. Ela não se move. Então, de forma heroica e repentina, Liz dá uma corrida, a envolve em seus braços, segurando-a pelos cotovelos e empurrando-a para um lugar seguro atrás do palco desmoronado.[105] Foi na hora certa, pois, logo em seguida, a

105. Meus cientistas começarão a trabalhar no projeto para criar um unicórnio, imediatamente.

batalha toma o lugar no qual elas estavam paradas, como uma onda.

Parece uma luta justa até que outros caras do noticiário da TV saem das vans e partem para a ação, abaixando as antenas parabólicas à medida que se aproximam para em seguida apontá-las para os repórteres dos jornais. É engraçado, mas, quando eles abaixam as antenas assim, elas lembram a artilharia antiaérea de um tanque Abrams...

Tudo é muito rápido. Na verdade, consigo ver tudo isso nos cinco ou dez segundos que antecedem o momento no qual um, dois, três corpos se jogam em cima de mim, me protegendo da confusão. Pistola, Bardolfo e Nym.

# Capítulo 33
## CONSEQUÊNCIAS

SHELDRAKE SOFRE ATENTADO!

TIRANO AFRICANO DEPOSTO PLANEJA TENTATIVA DE ASSASSINATO!

AINDA NÃO HÁ NOTÍCIAS SOBRE O ESTADO DO EMPRESÁRIO

— Manchete do *Omaha World-Herald*, Edição especial, 2 de maio.

Pistola, Bardolfo e Nym desgrudam de mim assim que a briga acalma. Exatamente como eu suspeitava, o novo bibliotecário e o estudante chinês em intercâmbio (cujo sovaco eu tive que ficar cheirando durante cinco minutos) são dois dos meus defensores.

O terceiro é Pammy Quattlebaum. Envergonhada, ela me dá um abraço e sai correndo de volta ao estacionamento para se juntar às suas amigas, que estão em círculo, se abraçando e chorando. Pelos próximos dois dias, elas vão soltar gritos devido à sobrecarga de medo e ninguém vai gritar mais alto e por mais tempo do que ela.

É estranho, mas, de alguma forma, eu gosto ainda *menos* de Pammy agora que sei que ela não é simplesmente uma submissa dramática, mas também algum tipo de mestre nas artes marciais. Se ao menos fosse só porque é muito mais difícil matá-la.

---

*(Cenário: Sala do diretor. Horário: Fim da tarde)*

**AGENTE SILVERI**: Que bagunça, hein, Joe?
**AGENTE JABLON**: *(resmunga)*

*(Som de uma porta sendo escancarada)*

**PINCKNEY**: Eu não serei ignorado!
**AGENTE SILVERI**: Desculpe, senhor, mas não pode entrar aqui assim. Estamos investigando um crime federal...
**PINCKNEY**: Eu não serei ignorado!
**AGENTE JABLON**: Você já disse isso.
**AGENTE SILVERI**: Cala a boca, Joe.
**PINCKNEY**: Sou o diretor desta escola, este escritório é meu e eu exijo saber o que está acontecendo aqui.
**AGENTE SILVERI**: Ah. Sr. ... Pinckney, certo?
**PINCKNEY**: Isso mesmo.
**AGENTE SILVERI**: Primeiro, senhor, gostaria de me desculpar por invadir seu escritório. Vamos sair assim que...
**PINCKNEY**: Eu não ligo para isso. Quero saber por que meu estacionamento parece um campo de guerra.

**AGENTE SILVERI**: Nós também ainda estamos tentando entender, senhor. Mas, pelo que conseguimos concluir, e isso não pode sair (*inaudível*)...[106]

**PINCKNEY**: Eu entendo.

**AGENTE SILVERI**: Bem, sabe o ditador africano? O cara que foi deposto há algumas semanas? Mb... Mbeb... Joe, você pode dizer o nome do cara?

**AGENTE JABLON**: (*resmunga*)

**AGENTE SILVERI**: Enfim, esse tal ditador foi deposto e, por algum motivo, ele culpa Lionel Sheldrake por isso. E tem mais: ele não só acredita que Sheldrake roubou o país dele como acha que Sheldrake roubou seu boneco do Boba Fett, o que o deixou *realmente* nervoso. Então ele contratou esses mercenários para se vestirem de repórteres e... Está tudo bem, senhor?

**PINCKNEY**: (*longa pausa*) Estou bem.

**AGENTE SILVERI**: Por que você está com cara de quem poderia estar tendo um infarto?

**PINCKNEY**: (*longa pausa*) A minha cara é assim mesmo.

**AGENTE JABLON**: Parece que o senhor engoliu uma colmeia de marimbondos.

**AGENTE SILVERI**: Cala a boca, Joe.

**PINCKNEY**: Desculpem... O que você disse que foi roubado? Um boneco Buba o quê?

**AGENTE SILVERI**: Boba Fett. Um brinquedo do filme Star Wars. Muito valioso. De qualquer forma, o novo governo lá desse país africano descobriu que o velho ditador estava

106. Imagino que o agente Silveri tenha dito "dessa sala", mas não tenho certeza porque, naquele exato momento, alguém (agente Jablon?) solta um pum que acerta diretamente o microfone escondido.

planejando alguma, então mandaram seus próprios soldados, disfarçados de repórteres de TV, para impedir o que quer que ele fosse fazer. Que bom que pensaram assim.

**PINCKNEY**: Você não acha... Não existe um motivo para terem escolhido atacar na *minha* escola, existe?

**AGENTE SILVERI**: Parece que foi apenas pela oportunidade. Sheldrake não sai assim com tanta frequencia.

**AGENTE JABLON**: Você precisa de alguma coisa daquele armário?

**PINCKNEY**: Não!

**AGENTE JABLON**: Por que fica olhando fixamente para ele?

**PINCKNEY**: Não, eu não fico.

**AGENTE JABLON**: Certo, tanto faz.

**AGENTE SILVERI**: De qualquer forma, senhor, já teremos largado do seu pé amanhã a essa hora. Temos grande parte dessa história já resolvida.

**PINCKNEY**: Que bom, que bom...

**AGENTE SILVERI**: Eu e o Agente Jablon precisamos voltar para Washington e descobrir quem roubou pedras da Lua do Smithsonian. Conseguimos uma impressão digital, mas você não *acreditaria* se eu dissesse de quem... Você tem certeza de que está tudo bem?

**PINCKNEY**: (*pausa ainda mais longa*) Estou bem.

**AGENTE SILVERI**: Porque você parece...

**PINCKNEY**: Eu suo. Sempre. O tempo todo. Nada demais. Pode perguntar a qualquer um.

**AGENTE JABLON**: Que belas abotoaduras. Que tipo de pedra é?

**PINCKNEY**: (*pausa muito, muito mais longa*) São pedras. Pedras normais. Vindas da Terra. Preciso ir agora.

(*Som da porta chacoalhando*)

**AGENTE SILVERI**: Você está tentando abri-la para o lado errado...
**PINCKNEY**: Eu sei!

(*Som da porta se fechando, passos se afastam*)

**AGENTE JABLON**: Esse cara é esquisito demais para ser um bom diretor.
**AGENTE SILVERI**: Cala a boca, Joe.

---

Pensando melhor, agora, eu deveria ter desconfiado do número exagerado de repórteres em um simples discurso sem importância. Talvez Lionel estivesse certo desde o início: talvez eu *esteja* fugindo do meu objetivo.

Devido a competência do pessoal que foi contratado para a pancadaria, nenhum dos meus colegas de turma se machucou durante o ataque.[107]

E, devido à *incompetência* deles, Sheldrake sobreviveu. A minibomba debaixo do púlpito — que deveria matá-lo

107. Com exceção de alguns narizes ensanguentados, joelhos ralados e outras bobagens. Jack Chapman quebrou um dedo, mas provavelmente porque estava com a mão no nariz quando alguém o acertou.

imediatamente, ou, pelo menos, deixá-lo bastante ferido para que o pelotão que tomou o palco em seguida terminasse o serviço — só conseguiu abrir um buraco no chão debaixo dele, e ele caiu por ali. Torceu um tornozelo e teve milhares de pequenos ferimentos. Fisicamente, ele está bem. Mentalmente, já é uma outra história.

Ele manca através da cabine do dirigível possuído por uma energia maníaca.

— Eu te disse... Eu *te* disse...

— Eu sei.

— O quanto prejudicou a nossa rede?

Olho para o papel que está em minhas mãos, apesar de toda informação já estar gravada no meu cérebro.

— Ele só conseguiu subornar alguns funcionários da periferia. Só sabem sobre você, é claro, não sobre mim...

— Bem, que alívio! — sibila ele, com uma horrível dose de sarcasmo.

Ele está certo, é claro. Isso é mau. Muito mau. É o pior ataque que o meu império mundial secreto já enfrentou. Mas não posso permitir que ele perceba que eu estou preocupado. Ele está muito frágil para lidar com isso agora.

— Quando esfriar sua cabeça, acho que vai concordar comigo que é, sem dúvida, "um alívio". Todos os traidores foram para a Fase Quatro...

— Eu realmente espero que sim. E o nosso amigo na Suíça?

— Ele não representa mais ameaças para sua vida.

— Fase Quatro?

Balanço a cabeça.

— Isso vai ser bom demais para ele. Não, ele vai jantar muito bem e ir para a cama cedo hoje. Depois de alguns procedimentos cirúrgicos desnecessários, ele vai acordar daqui a duas semanas como o Homem Lagosta, viajando com um circo de aberrações da Mongólia.

Sheldrake bufa com um prazer amargo.

— Um comentário mais positivo: estamos financiando um rodízio de pizza para o novo governo do país dele. Ou seja, obrigado por opor-se ao assassinato.

— Claro — continuo. — Esse contratempo complica muito a eleição. Ainda assim, devo ser capaz de vencer Randy com facilidade. E mesmo que, de alguma forma, ele fique na frente nas pesquisas, eu posso manipular as urnas eletrônicas e ninguém vai saber.

Sheldrake explode, como uma ameixa madura demais dentro do micro-ondas.

— Você pode parar de falar sobre a sua valiosa eleição? — ele se precipita. — Eu quase fui morto! Nossa organização está comprometida! Dois pelotões de soldados conseguiram entrar em Omaha sem que ninguém da vigilância percebesse!

Luto para manter o controle do meu tom de voz.

— Sei de tudo isso, Lionel. Já deixei toda a rede em alerta máximo. Vigilância em dobro nessa área. Jatos de patrulha em nosso espaço aéreo. Não vamos facilitar enquanto essa situação não estiver resolvida.

— Enquanto *qual* situação não for resolvida? Sua *eleição* de turma? Meu Deus. Tudo isso para conseguir o respeito de um homem que nem ao menos parece *gostar* de você...

Ele para de falar de repente e lança um olhar preocupado para Lollipop, que está enrolada em um banco. Ele está chateado, então decido ignorar a baba escorrendo de seus lábios. Faço um gesto sutil para Lolli. Lionel estremece quando ela desce do seu pedestal e trota na direção dele, mas a cachorra apenas encosta o nariz gelado e molhado na mão dele, de maneira amistosa.

Isso não o faz amolecer nem um pouco. Ele continua pisando duro pela cabine, como um Rumpelstichen tentando furar o piso com os pés. Ele aponta um dedo trêmulo para mim e diz:

— Vai sair na imprensa, você sabe. E vai sair muita coisa. Vai ter manchete na primeira página pelas próximas duas semanas.

Estou surpreso. Ele não costuma me subestimar.

— Sim, vai sair na imprensa, mas será controlado. Já cuidei para que as atenções da mídia se voltem para a África...

— Sim, mas...

— *E* cuidei para que uma adolescente, estudante condecorada de Chicago, desapareça... Em cerca de três horas.

— Oh. — Ele para de andar. — Ela é bonita?

— Muito. Vão supor que é sequestro. Veículos suspeitos na área, telefonemas estranhos para a imprensa, a coisa toda.
— Sheldrake sabe tão bem quanto eu que a tentativa de assassinato sofrida por ele estaria rapidamente fora do noticiário. O povo é obcecado por um estudante condecorado.

— Onde ela está na verdade?

— Acampando com seu grupo de escoteiras. Ela se esqueceu de avisar a mãe.

Sheldrake assobia. É bom ver que ainda sou capaz de impressioná-lo. De repente, ele parece mais calmo... Mas também mais velho. Mais cansado.

— E quanto tempo... Por quanto tempo preciso ficar aqui em cima nessa coisa?

Dou um sorriso contido para ele.

— Isso depende de você. Ainda quer um drinque?

Ele lambe os beiços.

— Deus, sim. Mais do que a vida.

— Então acho que você precisa ficar aqui em cima por mais um tempo. — Aperto o braço dele.

Ele sorri, triste, mas agradecido.

— Obrigado, Oliver. Não tenho como dizer o quanto... Quero dizer, significa tanto para mim, que você na verdade...

Dou um olhar gelado para ele, e ele sabe que deve se calar. Às vezes a gratidão pode ser tão irritante quanto a alegria. Ele desvia o olhar para o chão. Sheldrake parece derrotado. Espancado.

Faça-me um favor. Se um dia você estiver na Mongólia e encontrar com um circo de aberrações, não dê amendoim para o Homem-Lagosta. Ainda estou zangado com ele.

# Capítulo 34
## ACHO QUE MEU PAI ENLOUQUECEU

— *Sic semper tyrannis*[108] — diz Papai, enquanto zapeia pelos canais, procurando notícias sobre o atentado a Sheldrake.

"O famoso empresário e filantropo está isolado desde ontem, quando sofreu um atentado; um porta-voz declarou que ele está são e salvo..."

Papai abafa o riso enquanto come da tigela de almôndegas suecas.

— É claro que ele está se escondendo. É só tomar um sustinho que caras assim mostram quem realmente são...

Um novo zumbido sai da televisão:

"Agora, voltamos à nossa cobertura sobre o desaparecimento de Ethel Majeski. Como já sabemos, a adolescente

108. "Assim sempre aos tiranos" em latim. Foi o que John Wilkes Booth gritou quando atirou em Lincoln, o que faz Papai parecer muito idiota por sair repetindo isso por aí.

de Highland Park, em Illinois, não voltou para casa na noite de ontem depois de ir ao cinema com amigos..."

— Bá! — ladra meu pai enquanto aperta o botão do controle remoto para desligar a TV. Sem exagero, estou embasbacado. É a primeira vez na vida que ouço alguém dizendo a palavra "bá" além do Scrooge, em *Um conto de Natal*, de Charles Dickens. E ele soa realmente verdadeiro também.

Papai está com uma aparência horrível. Ele parou de fazer a barba há três dias. Seu bigode está sujo com o molho da almôndega que minha mãe fez para o jantar. O bigode dele também está sujo de marrom, do molho da carne assada de ontem, e de amarelo, do peru de anteontem. Então imagino que ele tenha parado de tomar banho também. Mamãe anda preocupada demais nos últimos dias para perceber.

Estamos comendo na sala de estar. Papai se senta em sua cadeira favorita, encarando a tela brilhante. Sento com Lollipop no sofá, torcendo para que ele não fale comigo. Fomos expulsos da cozinha por Mamãe e sua gangue, que agora chamam a si próprias de "Pítons Pink".

Elas nem trabalham mais nos cartazes. Ficam só sentadas no balcão, falando como papagaios, mas fechando os bicos em todas as vezes que entro na cozinha. Hoje, quando fui pegar meu jantar com minha mãe, parecia que alguém tinha colado os lábios delas com Super Bonder.

A não ser Tati. Ela estava recostada na mesa da cozinha, vestindo um top mínimo no qual se lia RAINHA PÍTON. Fiquei surpreso, pois a vi usando seu quimono de seda quando ela chegou — depois vi que Logan pegou a tábua de passar roupa para desamassar o quimono para Tati.

— O grande dia está chegando não é, Gordito?

O dia da eleição.

— Pois é — falei. — Estou escrevendo o meu discurso.[109]

Minha mãe levanta de repente da cadeira.

— Você precisa de ajuda, Chuchuzinho?

Tatiana dá um sorriso tolerante para Mamãe.

— Não se preocupe, Maedogê. Estamos oferecendo toda a ajuda de que o Chuchuzinho precisa.

Isso fez com que elas quatro — até mesmo minha mãe — começassem a rir como vilãs de um filme de James Bond. Fiquei meio orgulhoso de Mamãe por causa daquilo.

— Gorduchinho — disse Tatiana —, quando fizermos o que estamos planejando, você nem mesmo vai precisar de um discurso idiota.

---

109. Na verdade, dois roteiristas vencedores do Oscar estão escrevendo por mim.

— E então vai viver para sempre! — berrou Liz, lançando os braços ao meu redor.

— Para com isso, Bomba Atômica — diz Tati, parando de sorrir. — Ele não é um bichinho de pelúcia.

— Mas ele é tão macio... — geme Liz, me soltando com dificuldade.

Bomba Atômica é o nome de Liz na gangue delas. Tatiana é Rainha Píton. Maedogê é como elas chamam minha mãe — vem de M.D.G., ou seja, Mãe do Grandioso. O apelido de Logan é Quieta Mas Mortal. Ela não está muito feliz com isso.

— Gorduchinho — disse Tati —, vá comer seu jantar. Pítons Pink precisam planejar algumas coisas aqui. E não pire muito para escrever esse discurso. Vamos ganhar essa eleição pra você antes mesmo que consiga abrir a boca.

Aquelas palavras ecoam de maneira agourenta em meu cérebro agora, enquanto estou no sofá saboreando as almôndegas suecas feitas por minha mãe. Para ser sincero, estou um pouco preocupado. O que elas estão aprontando? Nunca pensei em grampear minha própria casa, mas talvez seja o momento de plantar uma escuta na cozinha...

Eu nem mesmo noto que meu pai está me encarando enquanto diz:

— Deve ter sido assustador. O que aconteceu na escola ontem. O atentado.

Olho para ele e assinto veementemente. Por trás dos óculos, seus pequenos olhos de tartaruga estão injetados e vagos.

Papai me dá um tapinha encorajador no ombro e diz:

— Você precisa entender que um homem como aquele Sheldrake... — Ele diz "homem" como se fosse um insulto. — Um homem como aquele colhe o que planta. Ele colhe o que planta. E, às vezes, gente inocente como você acaba se prejudicando.

— Certo, Papai — digo. — Eu acredito em você. Pode me dar licença agora?

Ele parece aborrecido.

— Escute o que estou dizendo, Ollie. Isso é sério. Os Sheldrakes do mundo têm muito dinheiro, e eles pensam que isso lhes dá o direito de pressionar os outros por aí. E normalmente eles se safam. Porque a maior parte das pessoas não pode fazer nada para impedi-los. Eles simplesmente não têm *escolha*...

Papai cospe no chão — uma quebra chocante do nosso protocolo familiar. O homem está sofrendo. Sei que ele tem recebido muitos telefonemas de diretores de outros canais de televisão, todos "parabenizando-o" por ser tão irritante que conseguiu dobrar a meta de doações do ano.

— Mas, às vezes, há justiça — continua. — Às vezes os Sheldrakes se metem com alguém que pode revidar. Como esse ditador africano. Aposto que Lionel Sheldrake se arrepende do dia em que confrontou *aquele* homem.

Olho para ele, sério. Pelo menos uma vez Papai tocou em um assunto que me interessa.

— Aposto que Lionel Sheldrake se arrepende do dia em que teve a chance, mas não *matou* aquele homem — falei.

Agora é ele que me olha sério.

— Você me surpreende às vezes, filho — diz, enquanto larga o esquecido prato de almôndegas no chão. Lolli se precipita na direção do prato e eu deixo. — Você é sempre inofensivo e, de repente, parece Maquiavel.[110]

Será que eu fui indiscreto? Repasso mentalmente nossa conversa. Acho que não. Tudo bem ele saber que seu bebê já tem dentes.

— Papai, você pode me dar licença? Tenho dever de casa.

---

110. Um italiano que já morreu e que escreveu o primeiro livro de autoajuda.

Ele faz um gesto me dispensando. Eu paro na porta e viro na direção dele novamente.

— Papai — pergunto —, você vai ouvir meu discurso?

Ele coça a barba grisalha e por fazer com o dorso da mão.

— Hummm... Eu ainda não sei, campeão. Eu... Não é que eu não esteja orgulhoso de você...

Claro que não.

— É só que... Eu meio que sou uma celebridade na cidade agora e ainda não estou me sentindo pronto para aparecer em público. Mas teremos um jantar especial quando você chegar em casa. Para comemorar.

— Um jantar da vitória.

— Isso — diz ele. Em seguida ele liga a TV novamente e retoma sua busca por notícias sobre Sheldrake, zapeando os canais.

Para refletir: *Eu* sou o malvado.

# Capítulo 35
## PARECE QUE ENGOLI UMA LÂMPADA

Sinto gosto de sangue na boca? Têm cacos de vidro grudados na minha língua?

Não, sinto gosto de ódio. Puro ódio.

Verna Salisbury parece estar desconfortável. E deveria estar. Ela está empoleirada na ponta do sofá de Sheldrake, tentando manter uma expressão de confiança enquanto fala pelo viva voz, bem devagar:

— Eu sei que *tínhamos* um acordo, mas acabou. Estou decidida. Desculpe-me...

A voz de Sheldrake chia na caixa de som:

— Não, *eu* que me desculpo, Verna.

Um painel na estante de livros de Sheldrake se abre, revelando O Motivador. Ele sorri e caminha pesadamente na direção de Verna; lembra o filho bastardo de Frankstein com um tubarão martelo albino. Ela ri.

— Não tente me intimidar com o seu valentão, Sheldrake. Sei que você não ficou rico assim matando pessoas por causa de eleições de um conselho estudantil.

Ela está certa. Agora que ela descobriu a armação, O Motivador fica parado se balançando; uma expressão confusa no rosto. Ele me olha aguardando instruções.

Ela percebe.

— Por que você está olhando para o Vovô?

É, bem. Acho que é hora de lidar com isso pessoalmente. Empurro o controle no braço da minha cadeira de rodas elétrica e sigo até o meio da sala.

— Eu assumo agora, Lionel — digo.

— Ele fala! — diz Verna, impressionada e zombeteira.

— Cale a boca, Srta. Salisbury. Já vou falar com você.

A voz de Sheldrake chia novamente:

— Você tem certeza... Vovô?

— Positivo — respondo. Sheldrake é bom, mas não há muito o que fazer já que ele está a mais de cento e cinquenta metros acima de nós no dirigível. Viro minha cadeira para encarar Verna.

— Quanto você quer, Srta. Salisbury?

— Não é pelo dinheiro...

Eu rio.

— Desculpe. Você fica engraçada quando tenta fingir que é nobre.

Ela me perfura com o olhar.

— Você não é o avô de Sheldrake. Isso é maquiagem. Quem é você?

— Você pode me chamar de o grande e poderoso Oz.

Ela assente. Entendeu tudo.

— O homem por trás do homem. Compreendo. Bem, a questão é: eu desisto. Não quero mais fazer parte dessa eleição suja. Você pode pegar seu dinheiro de volta.

— Se importa de me dizer por quê?

— Eu perguntei por que você quis se meter em uma eleição do ensino fundamental?

Sinto meus lábios se contorcerem num sorriso admirado.

— Touché, Srta. Salisbury. Mas você foi muito bem paga para não ser curiosa. Agora quer quebrar o contrato. Não é uma prática louvável. Exijo uma explicação.

Ela prende a respiração por um instante e em seguida engole.

— Certo, é justo. — Sua máscara de segurança cai pela primeira vez. Ela tamborila os dedos na mesa de café à sua frente, observando seu próprio movimento. — Acontece que... estou apaixonada.

— Por Scott Sparks?

Ela empina o queixo em um gesto provocador, como se me desafiasse a rir novamente.

— Isso mesmo.

A sala treme com o barulho de um repentino trovão. Aquilo parece ter abalado um pouco Verna — e ela deveria mesmo ficar abalada, pois na verdade não tem tempestade alguma lá fora. Eu controlo os sons do trovão com um botão da minha cadeira de rodas. Ajuda a criar o clima que eu quero.

— Você mal o conhece.

Ela assente com veemência e diz:

— Eu sei... Eu sei. Eu pareço uma boba. Talvez eu esteja *sendo* uma boba. Se estiver, vou descobrir e segurar a onda como todo mundo faz. Eu não ligo. Não consigo evitar me sentir assim.

Minha barriga ronca de aborrecimento.

— Lucan — ordeno. — Traga-me nachos. Mas use molho de chocolate no lugar de queijo.

Verna continua, como se eu não tivesse dito nada.

— Ele é doce. É sincero. Ele tem tudo que eu não acreditava mais que encontraria em um homem. Não é como... Não é como em Washington. Simplesmente não posso fazer isso com ele. Não posso traí-lo jogando essa eleição...

— Por que não? — pergunto, realmente irritado. — Pelo amor de deus, por que *não*? Pode amar Scott Sparks, se é o que quer. Isso não significa que precise voltar atrás no nosso contrato.

— Significa, *sim* — diz ela, balançando a cabeça. — Eu não estou apenas apaixonada por Scott. Tem o Randy também. A eleição. Tudo. As sessões estratégicas tarde da noite, fazer cartazes, comer pipoca enquanto ele apronta seu discurso. Foi por isso que me envolvi com política em primeiro lugar. Foi isso que esqueci. Uma criança corajosa, ousando dar um passo à frente e dizer: Ei, eu também tenho voz...

Lucan entra na sala trazendo meus nachos superquentes (como ele consegue fazer isso tão rápido? É como se ele pudesse ler a minha mente). Lolli vem atrás dele e coloca sua pata no meu colo.

— Eu já vi esse cachorro — diz Verna, com uma expressão pensativa. — Passeando pelo colégio do Randy...

Droga. Ela deveria ter ficado na cozinha.

— Continue conosco, Srta. Salisbury, e deixo que veja as presas dela.

Verna sorri. Fui idiota ao dizer aquilo. Eu já sei que ameaças sem sentido não funcionam com ela.

Talvez ameaças não-tão-sem-sentido tenham resultados melhores.

— Você sabe que posso *fazer* com que mantenha nosso acordo. Posso contar sobre a origem do nosso acordo para o Sr. Sparks.

Atrás de Verna, O Motivador sorri. A chantagem é uma estratégia com a qual ele está muito acostumado. Mas Verna também continua sorrindo. De repente, toda aquela hostilidade e coragem desaparecem. Fica claro que toquei no ponto fraco dela.

— Vá em frente, tente — diz ela. — Você realmente acha que ele iria acreditar em você? Iria acreditar que um misterioso bilionário está tentando fraudar as eleições de um colégio? É uma piada.

Em seguida ela parece ficar séria. Seus olhos caem e sua boca vira uma pequena linha. De uma hora para outra ela é uma paródia da determinação obstinada.

— Mas ainda que ele acredite em você... Mesmo se ele me desse um fora... Vá em frente, conte a ele. Porque não vou mais fazer o seu trabalho sujo.

Meu Deus. Ela realmente ama Scott Sparks.

— O Motivador vai acompanhá-la até a saída.

Ela parece assustada.

— É só isso?

— O Motivador vai acompanhá-la até a saída.

— Certo. Bem, aqui está o cheque para recompensá-lo...

— Saia! Saia da minha frente! Saia!

Lolli abre tanto a boca que seu focinho é coberto pelos enormes dentes. Ela avança na direção de Verna, que sai depressa, confusa e atrapalhada, o cheque rodopiando até o chão às suas costas.

Lucan permanece parado segurando a minha travessa de platina com nachos, como se nada tivesse acontecido.

A voz de Sheldrake sai do alto-falante, pausadamente:

— *Isso sim* deu certo.

Meu rosto fica destorcido de desgosto. Malditos humanos e seus sentimentos idiotas. São as únicas coisas no mundo que não consigo controlar.

# Capítulo 36
## AH, A HUMANIDADE

Dias importantes não parecem que serão especiais quando começam. Invariavelmente, o sol nasce e as pessoas acordam. Café é engolido e ovos são comidos. Todos cuidam para que suas vidas pareçam valiosas e então, independentemente dos acontecimentos do dia terem sido importantes ou não, o sol invariavelmente se põe. O nascer do sol antes da explosão de soldados em Omaha Beach no Dia D e o pôr do sol depois que o arquiduque Francisco Ferdinando foi morto. O nascer e o pôr do sol são uns verdadeiros sacanas quando se trata de dar destaque a coisas.

Hoje não parece ser um dia especial. O sol brilha no céu como uma clara fatia de limão. O ônibus escolar ronca na esquina como um elefante amarelo à beira da morte. O helicóptero do NewsChannel 5, que monitora o trânsito e que, estranhamente, sempre segue o meu ônibus, paira lá em cima como um dragão negro domesticado girando a cauda em círculos.

Mas hoje é um dia especial, e o sorriso vivo no rosto de minha mãe é a prova disso. Ela está me enchendo de beijos nesse instante, um mimo que testa os limites da minha paciência.

— Estou tão orgulhosa de você — diz ela. — Você é meu menino mais que especial. E vamos celebrar a vitória com um jantar especial à noite... *Sr. Presidente.*

Em seguida ela me dá mais uns mil beijos. Para demonstrar sua impaciência, o ônibus da escola solta um guincho que lembra um grande pum azul.

Hoje é o dia no qual me elejo presidente. A deserção de Verna e a desistência de Sheldrake em apoiar minha campanha atrapalharam meus planos, mas nada fatal. Tenho um discurso guardado no bolso — duas porcarias de páginas ridículas que farão com que todos na plateia tenham pena suficiente de mim para me dar seu voto. E se não o fizerem... Bem, meu discurso é *tão* bom que as pessoas não vão duvidar quando eu ganhar do Randy por dois votos. Depois de fraudar o resultado. Eu pensei em todas as possibilidades.

Minha mãe se debruça para dizer ao meu ouvido:

— E não se esqueça: tem uma surpresa a caminho.

Ah, *aquilo.*

— Mas é o que, Mamãe? Conta!

Mas pela primeira vez na minha vida, minha mãe para de me abraçar antes que eu pare de abraçá-la. Ela sorri de um jeito diabólico e corre para dentro da garagem. Dou um beijo no focinho de Lolli e subo para o ônibus. Tippy, o motorista, não parece ter notado eu que entrei, mas fecha a porta às minhas costas, como sempre. Sigo até o meu lugar, suportando os insultos e zombarias dos meus colegas enquanto me preparo para ficar cara a cara com o destino.

Para ser sincero, estou nervoso. Já enfrentei desafios maiores e muito mais arriscados, mas nada em que eu estivesse tão envolvido assim. Isso não tem nada a ver com conseguir o monopólio na produção de romã na Califórnia. Isso tem a ver *comigo*, com ser eleito presidente. E tem sido muito mais difícil do que eu gostaria. Mas vai valer a pena, hoje à noite, quando estiver no jantar especial da vitória. Quando meu pai, que nem tem coragem de vir assistir ao meu discurso, for forçado a fazer um brinde em minha homenagem. Quando ele tiver que apertar minha mão e dizer: "Parabéns." Quando ele tiver que me reconhecer como igual.

Isso vai ser ótimo.

Eu me ajeito no assento e deixo que o ronco do ônibus de Tippy, os gritos dos meus colegas e o tac-tac-tac da hélice do helicóptero me embalem em um estado de quase-tranquilidade. Eu devo tentar apreciar esse momento. Esse é um dia importante, um dia histórico.

Mas minha tranquilidade é interrompida por um persistente e irritante bip-bip-bip de um carro que está nos seguindo. Eu tento ignorar, mas Stephan Turnipseed diz:

— Ei, idiota! Sua mamãe quer você.

Tento ignorar aquilo também, mas ele repete e aponta para a janela traseira do ônibus. Eu me viro para olhar. É óbvio que minha mãe está seguindo o ônibus em seu Buick, metendo a mão na buzina como nunca e acenando. Liz e Tati estão espremidas no banco dianteiro ao lado dela e Logan põe a cabeça para fora da janela no banco de trás.

No capô do carro está rabiscado com tinta brilhante PÍTONS PINK e ao lado tem o desenho da cobra mais feia, vesga, babona[111] e geneticamente defeituosa que já se viu. No para-brisa está escrito TIME GORDUCHINHO com creme de barbear. Dezenas de balões, bandeirinhas e latas estão amarradas ao para-choque e ao bagageiro. Elas se arrastam como pipas mortas atrás do carro.

Todas — Bomba Atômica, Quieta mas Mortal, Maedogê e até mesmo a Rainha Píton em pessoa — têm no rosto os maiores, mais loucos e mais brancos sorrisos que você pode imaginar. Qualquer psiquiatria que as visse nesse momento providenciaria rapidamente que, pelo bem da humanidade, fossem jogadas em um porão escuro.

111. Talvez a baba fosse, na verdade, o veneno, certo?

É essa a surpresa delas? É *isso* que vai me fazer ganhar a eleição? Quatro fêmeas hiperativas em um sedã emporcalhado? Isso não vai me fazer ganhar nem uma partida de damas.

Sinceramente, estou decepcionado. Não por Liz e nem mesmo por minha mãe — elas são especialistas nesse tipo de gesto amoroso, mas inútil. Mas Tatiana é melhor do que isso. Suas ideias são *maiores* do que isso.

Ou pelo menos eu acreditava que eram. É, bem. De qualquer forma, foi legal da parte delas tentar. Aceno de leve na direção delas e volto para o meu lugar no ônibus.

Para parar de pensar no discurso,[112] decido me distrair brincando um pouco com Moorhead. Ele fez progressos visíveis em direção ao coração de Sokolov, seguindo minhas instruções: DIGA A ELA QUE VOCÊ GOSTA DE ÓPERA ITALIANA e DIGA A ELA QUE VOCÊ GOSTA DOS FILMES DO BUSTER KEATON. Meu Departamento de Pesquisa me informou que Sokolov não entende nada de ópera italiana ou de filmes mudos, então Moorhead pode falar à vontade sobre esses assuntos sem sentir-se envergonhado. O homem está radiante de felicidade por ter conseguido chegar até aqui. O sorrisinho arrogante nos lábios dele nestes últimos dias provavelmente é o mesmo que a viúva-negra macho dá quando cai na teia da sua namorada.

---

112. Ainda que *eu* saiba que não tenho motivos para ficar preocupado.

Chegou o momento de levar esse cortejo para outro nível. Vou dar mais ênfase aos verbos que ele deverá dizer e deixarei as frases mais pessoais. Hoje ele DIRÁ QUE AMA O GOSTO DELA PARA LITERATURA MODERNA. Essa frase é, ao mesmo tempo, complementar e condescendeste e vai deixá-la intrigada com certeza. Isso quer dizer que amanhã ele finalmente poderá CONVIDÁ-LA PARA JANTAR.

— Mensagem no cigarro para Moorhead — murmuro para qualquer empregado que estiver ouvindo. — DIGA EU AMO...

E é aqui que começa o tumulto.[113]

Gritaria, gente pulando pra baixo e para cima nos assentos, pés batendo no chão e janelas se abrindo com força. Para piorar, tudo é feito com alegria. Meus colegas de ônibus não conseguem se conter de felicidade. Perry Wengrow e Stephen Turnipseed me espremem para enxergar melhor a janela.

Uma carreta, na qual se lê DIVERSÕES TWOMBLEY escrito ao lado, se aproxima quando chegamos na esquina da rua Harney. Mas a carreta em si não é o motivo da agitação. E sim o que ela está *rebocando.*

Um enorme balão inflável. Com mais de 12 metros de altura, talvez. Totalmente digno de desfilar pela Broadway durante a parada de Ação de Graças, ao lado de Snoopy,

---

113. Essas interrupções estão me irritando.

do Super Mouse e dos outros dirigíveis de personagens de desenhos animados.

O balão tem o formato de Oliver Watson Jr. (*Veja Imagem 17*).

Imediatamente, dois pensamentos me vêm à mente:

- Aquele balão faz com que eu pareça mais gordo.
- Meu Deus, *o que elas fizeram*?

Uma espiada rápida no carro da minha mãe, logo atrás, confirma o que eu temia. Liz, Logan e Mamãe estão quicando em seus assentos como feijões mexicanos puladores com um sério problema de hiperatividade. Essa é a *grande surpresa* delas. Liz fez com que seu pai, o rei dos bonecos infláveis, fizesse um balão gigante *de mim*. Que é *muito mais gordo* do que eu jamais cheguei a ser. E agora aquela *monstruosidade* — aquela coisa *abominável* e *constrangedora* — vai seguir o meu ônibus até chegarmos na escola.

Tatiana, querida. Perdão. Eu subestimei você.

Ela está sentada no banco da frente do Buick, bem no meio, e é a única no carro que não está gritando como uma banshee insandecida. Ela está calma. Plácida. O centro da tempestade. Seu rosto está contorcido em um sorriso tão sinistro e satisfeito que parece uma píton que engoliu o Garibaldo, de *Vila Sésamo*.

**IMAGEM 17:** Um enorme balão inflável. Com mais de 12 metros de altura, talvez. Totalmente digno de desfilar pela Broadway durante a parada de Ação de Graças.

Ela pisca para mim.

E é quando eu me dou conta da notícia *realmente* ruim.

Minha rede está em estado de *Alerta Máximo. Código Vermelho. Segurança Triplicada.* Todos os meus funcionários estão instruídos a *reagir de forma prejudicial.* Qualquer anomalia será tratada como ameaça até que se prove o contrário.

O balão está a menos de 50 metros de distância, aproximando-se...

E o mundo todo entra em câmera lenta.

40 metros...

— Não — sussurro.

Ao meu redor, meus colegas acenam, gritam e pulam como selvagens dançando para agradar seu deus da destruição.

O balão está a 35 metros do ônibus agora... 30...

— Não...

Seu pé gigantesco bate e volta na lateral da carreta, em seguida fica agarrado a uma pequena árvore e a arranca do chão.

— Não — ordeno. — Não atirem. Mantenham suas posições.

25 metros... 20...

Stephen Turnipseed está empurrando minhas costas e rindo. Gotas grandes de saliva jorram da boca dele e acertam minha bochecha, meu nariz e meus olhos.

— Não atirem... Por favor...

Ele acerta um poste de energia elétrica, arrebentando-o.

15...

Os cabos de energia arrancados se contorcem como cobras raivosas, soltando faíscas elétricas pelo ar.

— Me *escutem*!

10...

— Não — grito sem me importar com quem está ouvindo. — Não! Não atirem! Mantenham suas posições! *Mantenham suas posições*!

Talvez o piloto não consiga me ouvir em meio à barulheira das feras ao meu redor. Talvez ele não consiga entender o que estou dizendo. Talvez ele consiga me ouvir, mas está assustado demais com a proximidade do colosso voador para prestar atenção nas minhas palavras.

5...

Tudo o que eu sei é que ainda estou gritando "Mantenham suas posições! Mantenham suas posições!" quando o helicóptero do trânsito do NewsChannel 5 atira um míssel AIM-92 no coração do balão de Oliver Watson.

# Capítulo 37
## AGUENTAR AS CONSEQUÊNCIAS

Minha mãe está chorando no estacionamento da escola. Liz e Logan estão ao seu lado, se abraçando e choramingando. Elas também estariam chorando se suas lágrimas não tivessem acabado.

Mais uma vez, só Tati está calma. Tranquila, sentada no capô do carro da minha mãe, rindo sozinha em silêncio. Ela me pega observando-a e pisca para mim novamente.

Ninguém no ônibus acredita que realmente viu um raio vindo daquele céu tão azul e limpo para acertar o balão. Principalmente porque, na verdade, ninguém viu isso acontecendo. Só que essa é a história que fiz meus funcionários espalharem e, uma vez que essa é a única explicação plausível, a polícia também está acreditando nela.

— Simplesmente um clarão de luz que veio do nada — diz o piloto do helicóptero do NewsChannel5.

— Um grande lampejo elétrico — diz Tippy, o motorista do ônibus, que, percebo agora, se parece muito com aquele sobrinho que O Motivador me pediu para contratar há uns dois anos.

— Foi assustador! Um raio enorme e dentado! Eu vi tudo — diz Pammy Quattlebaum, que estava a quase 10 metros dali quando tudo aconteceu.

O poder da persuasão é tão grande que até pessoas que viram o míssel — pessoas que *sabem* que viram um míssel — começam a acreditar na versão do raio.

— O maior relâmpago que eu já vi — diz Stephen Turnipseed. E ele logo começa a brigar com Cory Carter, que diz ter visto um foguete.[114]

Todos estão sendo compreensivos comigo. Principalmente os agentes Jablon e Silveri, que estavam no aeroporto a caminho de Washington quando surgiram as primeiras notícias sobre o balão. Aparentemente, eles acreditam na manchete. Mas como algo tão estranho aconteceu logo depois do incidente com Sheldrake, eles decidem ficar mais alguns dias na cidade.

— Um emaranhado de luz gigantesco veio do céu! — explico para os agentes.

— Você já disse isso — diz o Agente Jablon.

114. Cory acabou com os dois olhos roxos e acreditando que viu um raio também.

— Cala a boca, Joe — diz o Agente Silveri.

O diretor Pinckney quase teve um ataque cardíaco quando viu os agentes chegando de carro. E foi provavelmente por causa disso que ele decidiu manter as eleições do conselho estudantil como estava planejado, como se quisesse dizer: Não tem nada para vocês aqui. Os mesmos negócios de sempre. Não há razão para o FBI perambular pela escola.

Eu diria a ele o quanto aquilo parecia suspeito, mas não quero que ele realmente tenha um ataque cardíaco.

Passo a língua na palma da mão e uso um pouco de saliva para passar nos olhos, assim minha mãe vai achar que eu também andei chorando. De maneira perversa, a cena parece animá-la um pouco. Para ela, é importante eu dar valor ao balão.

— Oh, Ollie — choraminga enquanto me aperta contra seu peito. — Era a nossa grande surpresa! Trabalhamos *tanto*!

— Era para ele ter ganhado essas eleições idiotas pra você — diz Liz, chutando os pneus do carro da minha mãe. Nunca vi Liz tão triste assim. Eu não imaginava que ela era capaz de se emocionar tanto.

— Eu vou ganhar mesmo assim — falo, e Liz dá um sorrisinho. Talvez eu não morra, no fim das contas.

— Mas aquele foi um relâmpago tão esquisito — diz Mamãe. — Eu nunca tinha visto um raio preto.

— E com barbatanas — diz Logan.

— Pois é — diz Tati. — Aquele foi um relâmpago *muuuuuito* louco. — Ela se segura para não quebrar uma costela de tanto rir.

Era ela foi quem me preocupava mais. Eu não sabia o que ela diria para o FBI quando a entrevistassem. Ela estava muito próxima de descobrir que não foi um relâmpago que destruiu minha surpresa e, diferentemente dos demais, ela é muito cabeça-dura para ser convencida do contrário.

Eu não deveria ter ficado preocupado. Esqueci do ódio doentio de Tati por figuras autoritárias.

O Agente Silveri perguntou a ela:

— Conte o que você viu, garotinha.

E ela disse:

— Vai catar coquinho, engravatado.

E em seguida ele disse:

— Qual é o seu nome?

E ela responde:

— Sua mãe.

Depois dessa, ele desistiu. Suspeito que ela já saiba que era um míssel. E suspeito que ela não esteja ligando para isso. Acho que ela gosta de um mundo sombrio, perigoso e sem nenhum sentido. É como se ela tivesse sido criada por vampiros.

Nesse momento minha mãe lança um olhar de reprovação para Tati:

— Como você pode rir? Trabalhamos tanto e foi tudo em vão!

É hora do Gorduchinho salvar o dia.

Eu me afasto de Mamãe para que ela possa ver o sorriso arrebatador que se formou em meu rosto. Quero que ela saiba que estou feliz.

— Foi o melhor espetáculo com fogos de artifício que já vi — exclamo. — Melhor que no feriado de 4 de Julho!

E agora Mamãe está feliz também. E me abraça de novo.

— Oh, Docinho — diz ela. — Você faz tudo parecer mais bonito!

— Mostra pra eles, Docinho! — grita Tati.

— Você é o melhor Docinho de todos — diz Liz, que de repente também está me abraçando pelas costas. Agora é a vez de Logan me apertar em um abraço; coisa difícil para uma garota grande como ela. Não sei como, mas de repente todas elas estão chorando de novo.

Se eu conseguir respirar, talvez tenha uma chance de fazer meu discurso.

# Capítulo 38

## O MOMENTO PELO QUAL TODOS ESTAVAM ESPERANDO

E aqui estamos. No auditório da escola, vibrando com as vozes de mil alunos que guardam lugares para os amigos, pisam nos pés uns dos outros e dividem chicletes que, espertamente, conseguiram esconder da vigilância dos professores.

E aqui estou eu, sentado no palco ao lado de Randy Sparks (de novo); ele está usando um novo blazer azul que realmente faz com que pareça mais esperto. Randy ri e parece relaxado — Verna deve ter ensinado a ele —, mas percebo que ele precisa manter os joelhos bem juntos para evitar que tremam. Ele se vira para mim e sussurra:

— Estou nervoso, Ollie.

— Por favor, não me bata, Randy — respondo. — Não na frente de todo mundo. Faça isso quando estivermos sozinhos. É muito constrangedor.

Imagino que não vai fazer mal confundi-lo uma última vez antes do discurso.

Mas não funciona. Ele abre a boca para reclamar, mas em seguida a fecha de novo. Ele assente de uma maneira meio sábia. É como se ele estivesse aprendendo algo sobre mim (ou sobre ele mesmo) enquanto o observo. Ele se vira de costas e analisa seu discurso.

E lá está Tatiana, na quinta fila, escrevendo palavrões no braço de Logan.

Lá está Megan Polanski, a ex-Garota Mais Popular da Escola, com um olhar assassino na direção de suas ex-melhores amigas, Shiri O'Doul e Rashida Grant, que estão ocupadas demais ignorando Megan. Elas decidiram ontem que ela "não é legal". A nova Garota Mais Popular da Escola é Rashida. Vamos ver quanto tempo isso dura.

Lá está Josh Marcil, seus dedos sardentos sujos de chocolate, dizendo para qualquer um que queira ouvir que ele achou um vaso sanitário cheio de Nescau Ball. Ele deve ter engatinhado por debaixo da porta.

Alguns assentos depois de Josh está Jack Chapman, que deveria, por direito, estar aqui em cima no meu lugar. Não importa quem seja eleito hoje, ele sempre será Jack Chapman. Por acaso, ele virou um esportista mais impressionante depois que saiu da disputa. Seus ombros parecem mais largos, seus olhos, mais claros — parece que ele cresceu do dia para a noite. A única coisa estranha é que agora ele carrega um lenço e assoa o nariz sem parar. Bem, todo grande homem tem suas excentricidades.

Lá está Alan Pitt. A acne dele estava melhorando, até que, há três dias, ele me chamou de "Sr. Come Demais".[115] Agora ele só coça o rosto de forma lastimável e parece que andou dando uns beijos numa fatia de pizza.

Não vejo minha mãe, embora eu saiba que ela está aqui, em algum lugar, para testemunhar meu momento triunfante. Mas lá está Moorhead, acariciando o lugar ao seu lado, que guardou para La Sokolova. Do corredor, ela ri na direção dele e força seu caminho para chegar ao assento preferencial, passando por Lanny Monkson (que está mesmo cego).

Os agentes Jablon e Silveri estão de pé no fundo da sala, reluzindo importância. A alguns passos de onde estou, o Sr. Pinckney sua no púlpito e parece que escolheu a hora errada para tomar uma dose extra de laxante.

— Obrigado a todos por virem — diz. — Acho que esse é o dia mais importante do calendário escolar...

Eu me desligo do que ele está dizendo ligando o som da minha escuta. A minha nova música favorita do Captain Beefheart está tocando: "Yellow Brick Road". Estou vestindo meu par de jeans favorito e minha blusa listrada da sorte, a blusa que usei quando acertei o vencedor no turfe, no Kentucky Derby.[116]

---

115. A transformação dele para alguém que não é mau não está mais funcionando. Talvez ele precise de outra conversinha comigo.

116. Gosto de apostar alto, mas não sou bobo.

E então os discursos começam. Os aspirantes do sétimo ano são os primeiros, em ordem crescente de importância até chegar minha vez. Aquelas almas ambiciosas que almejam desesperadamente o cargo de tesoureiro do sétimo ano (ainda que o sétimo ano não tenha dinheiro algum) gaguejam, nervosos, um ou dois parágrafos e voltam para seus lugares. A princípio, a plateia parece interessada, mas logo suas expressões deixam bem claro que também gostariam de ter suas próprias escutas.

A voz de Sheldrake interrompe a música.

— Desculpe me intrometer assim, Oliver, mas gostaria de desejar boa sorte. Embora eu tenha certeza de que você não precisa. Sei que isso é importante para você e, apesar de não entender por que, estou feliz que você consiga o que quer. Também quero dizer o quanto sou grato. — Faço uma cara bem feia; ele sabe que não posso mandá-lo calar a boca. — Está quase na minha hora de descer e realmente gostaria de agradecer pela oportunidade que você me deu de pôr as ideias no lugar.

*Pôr as ideias no lugar* parece coisa do meu pai. Terei que ter uma conversa séria com Lionel quando ele aterrissar. Não quero esse papo de hippie na minha organização.

— Enfim, quebre a perna e coisas do gênero. Estou torcendo por você daqui de cima. — E Captain Beefheart retoma o controle.

Os aspirantes do sétimo ano terminam os discursos. Penny Trimble já está no púlpito, explicando por que deve ser a secretária do oitavo ano. Diminuo o som da escuta para ouvir o que ela está dizendo...

— ... E, se eleita, prometo colocar refri[117] nos bebedouros... — Ela ri de maneira lastimável. A plateia não ri nada e isso me faz acreditar que ela não foi a primeira pessoa a contar essa mentira batida hoje.

Estou rindo, mas só porque sou educado.

Então sou distraído por uma confusão na plateia. A Srta. Sokolov está de pé, tentando desesperadamente chegar ao corredor, sem nem ao menos se preocupar em dizer "com licença" quando empurra Lanny Monkson (os óculos dele saem voando). Moorhead a observa partir, as bochechas coradas, boquiaberto, olhos esbugalhados de pavor. A expressão em seu rosto poderia ser um símbolo internacional da linguagem de sinais para: "O que foi que eu disse?"

O que ele disse? E então me lembro que a minha última mensagem para ele fora interrompida: DIGA EU AMO...

Eu não consegui terminar aquela. O balão gigante me distraiu, depois o míssel, a bola de fogo gigante e a humanidade; e esqueci de corrigir o texto. Bem. Deve ter sido algo

117. Refri = refrigerante.

realmente bizarro de se ouvir em meio a uma assembleia escolar lotada. Ele deve ter parecido um maluco. Acho que lá se foi um romance promissor. O que é péssimo, porque achei que Sokolov tivesse mesmo uma chance de arruinar a vida de Moorhead.

Na verdade, pela expressão no rosto dele neste momento, desconfio que ela tenha conseguido fazer isso de qualquer jeito. Mais um ponto para a minha camisa listrada da sorte!

Dylan Berger (um menino) faz seu discurso para vice-presidente do oitavo ano e Dylan Krakowski (uma menina) faz o dela. E, de repente, chega a hora do show principal.

— O cargo de presidente do oitavo ano é a mais alta posição da Escola Fundamental Gale — opina Pinckney. — E os dois garotos que veem aqui na frente promoveram uma campanha corajosa. — Por um segundo, os olhos dele se desviam de maneira aflita para os agentes federais parados nos fundos do auditório. — E nenhum deles quebrou nenhuma regra... que eu saiba. Então, é só mais uma eleição do conselho escolar. A não ser pela confusão no estacionamento, e aquilo realmente não teve nada a ver com ninguém aqui. Quero dizer, que relação poderia existir? — Ele ri de maneira nervosa, em seguida parece perceber que talvez seja imprudente fugir de suas anotações. — Hmmm, enfim, eles vão se apresentar em ordem alfabética. Então, Randy Sparks é o primeiro.

A plateia aplaude sem entusiamo. As pernas de Randy param de funcionar por um instante, em seguida ele range os dentes e se obriga a ficar de pé. Ele caminha em direção ao púlpito sem muita confiança, mas com objetividade; como se precisasse raciocinar a cada passo dado. Randy abre a boca. Não sai nada de lá. Os lábios dele se curvam em um sorriso simplório.

Da plateia, alguém sussurra num tom meio elevado: "Vai!" E em seguida vejo Verna sorrindo para Randy a dez fileiras dali, sua expressão mostrando pura confiança. Scott Sparks está sentado ao lado dela, segurando sua mão, e em seguida levanta o polegar para o filho.

Funciona. O sorriso de Randy ganha um ar de alguma inteligência. Ele começa:

— Ontem, eu estava jantando uma pizza de calabresa no La Casa e falando para o meu pai que era hora de comprar um pijama novo pra mim...

Verna é boa. Sem nem ao menos terminar a frase, Randy conseguiu negar os dois boatos que espalhei sobre ele.

— ... e foi quando meu pai me lembrou o que meu tio Dave, o bombeiro, disse no dia de Ação de Graças.

Verna é *muito* boa. Meus colegas descerebrados vão acreditar que Tio Dave pode protegê-los dos meus poderes de atear fogo.

— Tio Dave disse que a coisa mais importante que ele aprendeu na vida foi que nenhum de nós é perfeito, mas que todos devemos nos esforçar para ser a melhor pessoa que pudermos. — Consciente, ele para e dá uma olhada nas anotações à sua frente. — Sei que não sou perfeito... — diz, então para de novo e ri, mostrando ao público que não tem problema rir. E eles riem. — Sei que não sou o garoto mais popular do colégio. Almocei sozinho tantas vezes que me esqueci de como falar e mastigar ao mesmo tempo.

Ele ri novamente. A macacada cai na gargalhada. Não é uma boa piada, mas tem seu charme. E desarmou a maior fraqueza de Randy — ele costumava ser o Garoto Mais Ridículo do Colégio. Mas não é mais um defeito se você consegue rir dele.

Randy olha para baixo, observa suas anotações e para de sorrir. É claro que Verna escreveu "pareça sério" nessa parte do discurso. Ele assume uma expressão respeitável para a plateia.

— Mas esse não é um concurso de popularidade. É uma eleição. E isso significa que mesmo um cara como eu tem sua chance. Sei que, às vezes, parece que somos apenas crianças e nunca fazemos nada importante. Bem, o que estamos fazendo aqui é importante. Estamos votando. Estamos escolhendo a pessoa que queremos que nos lidere no próximo ano. E isso não é brincadeira. Nossos antepassados lutaram e morreram pelo direito ao voto. Isso também não é brincadeira. O voto é o que faz esse país ser grandioso. Fomos a primeira nação a dizer que todos os cidadãos deveriam opinar sobre como se conduz um governo. Não com um rei. Não com apenas alguns aristocratas ou gente rica. Com todos nós. E, quando votamos, estamos dizendo: Ei! O que eu penso também é importante! Quando votamos, *somos* importantes.

A expressão no rosto dele diz que ele acredita naquilo.

Randy lança um olhar para a multidão. Os idiotas estão acreditando. Isso é perigoso. Acreditar é mais contagioso que catapora.

— Disseram para nós que o voto é um presente. E é verdade. Mas não é apenas um presente que nos foi dado. É um presente que *nós* damos para o governo. É a forma de oferecer ao governo o benefício do nosso conhecimento, de tudo o que aprendemos sobre como as coisas devem ser. É nossa forma de mostrar que nos *importamos* com o que acontece na nossa escola, no nosso país, no nosso mundo. Quando nossos pais votam, eles não estão apenas dizendo: Acho que fulano ou sicrano deve ser presidente. Eles estão dizendo: Eu amo o meu país. E, quando votarmos hoje, não estaremos apenas dizendo: Acho que Randy Sparks, ou seja quem for, deve fazer parte do Conselho Estudantil. Estamos dizendo: Eu amo a Escola Fundamental Gale Sayers.

Aplausos. Ensurdecedores, retumbantes e enlouquecedores. Parece que todos no auditório estão aplaudindo, com exceção de Verna, que está de braços cruzados e encara Randy com os olhos brilhantes e cheios de adoração.

Randy olha para baixo, para suas anotações, por tempo suficiente para que os aplausos cessem. Verna deve ter anotado para ele: Dê tempo para que se acalmem. Faça com que ouçam suas últimas palavras.

Randy levanta a cabeça quando as últimas palmas morrem no ambiente.

— Poderia dizer que não me importo em quem vocês vão votar, contanto que votem. Mas isso seria mentir. Quero ser seu presidente de turma. Mas votando em mim ou no meu distinto oponente — alguns risinhos fracos e cruéis atravessam a multidão —, gostaria que vocês soubessem de algo: Se eleito, vou lutar por vocês. Pelo bem de cada um de vocês. Lutarei todos os dias para fazer dessa escola um lugar melhor. Para todos nós. É essa a *obrigação* de quem é eleito. E essa é minha obrigação. De pé, aqui nesse palco, inicio a mais sagrada jornada da minha vida. A jornada da democracia. E talvez eu não seja a criança mais popular do colégio, mas saibam...

Pausa. Espere... Espere...

— Eu amo a Escola Fundamental Gale Sayers!

Aplausos. Horrorosos, ensurdecedores, retumbantes. Os aplausos ecoam nas vigas, nas paredes e no palco; como uma onda. Aplausos, assovios, vivas e gritos. A multidão está de pé. De pé! Enquanto Randy assente, humilde, e retorna para seu lugar, enquanto ele para e cumprimenta o Sr. Pinckney com um aperto de mão caloroso. *A multidão está de pé*! Festejando, batendo palmas, batendo os pés.

E, em meio aquela ovação constante, eu finalmente a vejo. Minha pobre mãe, sentada em um canto escuro do auditório, parecendo confusa, sozinha e desanimada. Ela é a única que não está festejando, graças a Deus.

Então meus olhos deslizam da minha mãe para o lado direito dela. E vejo alguém que não deveria estar ali.

Alguém que disse que "não estava pronto" para vir ouvir o discurso do próprio filho.

Alguém que está de pé, batendo palmas e batendo os pés cada vez mais forte, mais alto e *mais rápido* do que qualquer outra pessoa no auditório. Alguém cujo rosto está aceso de alegria — alguém que acredita, realmente *acredita*, em cada banalidade insossa e desordenada que saiu da boca frouxa de Randy Sparks.

Alguém que ama a democracia. Alguém que acredita no conselho estudantil. Alguém que está torcendo por *Randy*.

E algo estoura dentro de mim.

# Capítulo 39
## LOUCURA

Ouço um zumbido.

Ele abafa tudo ao meu redor. Não ouço quando o Sr. Pinckney pede que a multidão volte aos seus lugares. Não ouço quando ele diz o meu nome. Mas vejo que ele faz um gesto com a cabeça na minha direção e volta para sua cadeira. E posso sentir todos os olhares do auditório sobre mim.

Estou parado no púlpito. Não me lembro de ter subido no palco ou de ter andado até ele. Simplesmente, estou aqui, de repente, com este zumbido no ouvido e todos os olhares do mundo sobre mim.

Pego meu discurso. É um pedaço de papel comovente com frases de efeito idiotas, ideias bobas e apelo sentimental. Foi feito para que essas pessoas sentissem pena de mim.

Eu rasgo o papel ao meio. Os pedaços voam até o chão como se fossem pássaros à beira da morte.

— Companheiros — digo. — Prezados professores. Convidados notáveis.

Não consigo ouvir a minha voz por causa do zumbido.

— Hoje ouvimos sobre a beleza do processo democrático. Sobre o "presente" que ao mesmo tempo recebemos e outorgamos. Meu prezado oponente... — Neste momento, eu me inclino com veemência na direção de Randy. Ele olha para mim de um jeito esquisito, como um animal confuso. — Meu prezado oponente prometeu, se eleito, lutar pelo bem de cada um de vocês.

Levanto uma sobrancelha.

— Senhoras e senhores — digo. — Alunos e professores. Crianças de todas as idades. Deixo que vocês respondam: *Pelo que ele vai lutar?*

Agora tenho toda uma plateia de animais confusos olhando para mim.

— Verdade, parece muito bonito. Mas existem apenas algumas briguinhas por aqui, não é mesmo? O Sr. Pinckney e sua equipe são responsáveis por qualquer decisão importante relacionada ao colégio. E vou além: o Sr. Pinckney e sua equipe são os responsáveis por qualquer decisão *sem importância* também. A verdade é que o conselho estudantil desta escola, o conselho estudantil de *qualquer* escola, não faz mesmo muita coisa. Talvez no próximo ano o conselho decida organizar um bazar para vender doces e biscoitos. Talvez eles decidam qual obra de caridade deva receber os lucros do bazar. Talvez eles decidam qual será a melhor combinação de cores para a festa de formatura do oitavo ano.

Levanto as mãos num arremedo de admiração.

— Grandes decisões! Escolhas de Titãs! O tipo de coisa que simples mortais tremem só de pensar em fazer! Mas as corajosas crianças do conselho estudantil juraram lutar, juraram tomar exatamente essas decisões tão difíceis, então elas *devem* decidir.

Solto a respiração com um chiado longo e sonoro, como uma piscina inflável esvaziando.

— A não ser, é claro, que o Sr. Pinckney *decida* que não haverá um bazar de doces e biscoitos. Ou *decida* que devemos dar o dinheiro para um asilo no lugar do abrigo de cães. Ou decida que verde e preto vão combinar muito mais para a beca do que vermelho e azul. No fim das contas, qual o resultado dessa luta? O que essas *decisões* acrescentam? — paro. Deixo que absorvam minha pergunta. — Belas palavras em um palco vazio.

O zumbido ficou mais alto. Pensei que falar faria com que ele parasse, mas eu estava errado.

— Conselho Estudantil não tem sentido algum — declaro, tristemente. — Pior: é algo *vazio*. Nulo. Oco. Meu prezado oponente — me inclino novamente na direção de Randy — diz que este não é um concurso de popularidade. Mas isto não é verdade. Eu não chamaria Randy de mentiroso. Digamos que ele está desinformado. Se não existem questões a serem *decididas* e batalhas a serem *travadas*, o que isso aqui poderia ser, além de um concurso de popularidade? O que mais você, eleitor, pode fazer a não ser escolher aquele de quem gosta mais? Isto aqui, meus sábios amigos, é a própria definição de um *concurso de popularidade*.

De maneira melodramática, coloco a mão na sobrancelha.

— Senhoras e senhores. *Messieurs* e *Madames*. *Niños*, *niñas* e *bambini* diversos. Permitam-me desviar do assunto por um instante. Antes falei sobre um vazio. Eu disse, caso vocês se lembrem, que o conselho estudantil era vazio. E agora, se me permitirem, falarei sobre um vazio ainda maior. O vazio da própria democracia. A cada ano eleitoral, somos submetidos a um espetáculo de políticos implorando por seus votos, fingindo que gostam de nós para que gostemos deles. A cada ano, os especialistas lamentam que as questões mais importantes estão sendo ignoradas, que a retórica está triunfando sobre os fatos, que o carisma está levando a melhor sobre a verdade. Resumindo, eles reclamam que as nossas eleições são um concurso de popularidade.

Agora o zumbido chegou aos meus olhos também. Minhas retinas vibram no mesmo ritmo que o som nos meus ouvidos. Na minha frente, cabeças balançam em negação e expressões ficam confusas. É como se eu estivesse vendo o mundo através das asas agitadas de uma libélula.

— Meus amigos, meus amigos, meus amigos... O que mais essas eleições poderiam ser, quando a primeira eleição que grande parte das pessoas participa, a que nos ensina o que é uma eleição, e eu incluo o conselho estudantil aqui, são, literalmente, *concursos de popularidade*?

Dou de ombros.

— Eles enfiam isso na nossa cabeça quando somos jovens. E nunca esquecemos. E agora, meus camaradas, meus amigos e parceiros, vocês provavelmente estão pensando que estou reivindicando algum tipo de reforma. Que estou direcionando vocês para algum lugar onde direi: *Temos que fazer com que essa eleição valha a pena*! e *Nossos votos deveriam se basear em questões e não em personalidades*!

Dou meu sorriso mais agradável para os bobos.

— Eu não estou dizendo nada disto. Porque a verdade é que eu *quero* que vocês percam tempo escolhendo o mais exibido.

Agora congelo meu olhar na direção deles, como um médico de família ao dar um diagnóstico desagradável.

— A verdade é que todos esses políticos posudos e suas questões vazias... são apenas distrações. Bobagens para manter vocês ocupados enquanto vivem, respiram e sofrem. Porque a verdade é um truque de mágica. De alguma maneira, magicamente, todos vocês, até mesmo os mais pobres, nascem apertando uma nota de dólar com seus dedinhos sujos. Desde as crianças famintas até os bebês esquecidos, todos nascem segurando aquele dólar. E o trabalho de gente como eu é roubar, enganar ou convencer vocês a abrirem os dedinhos e soltarem essas notas. E se você está ocupado demais se preocupando com qual candidato é o mais bonitinho para perceber o que estamos fazendo, bem, melhor assim.

Dou a eles o sorriso de um santo. De repente, me sinto limpo. Tanto veneno liberado do meu corpo em um único jato de vômito. O zumbido no meu ouvido para. Meus olhos param de vibrar. Entram em foco.

E vejo uma multidão aturdida e zangada. Vejo confusão. Vejo curiosidade.

E, na expressão de Tatiana, vejo satisfação. Ela está rindo e batendo palmas, uma ninfa feliz.

Mas "Papai" não está batendo palmas. Quero dizer, *é claro* que ele não está batendo palmas. Mas ele também não parece triste. Apenas... *preocupado.*

E parece que dei um soco no estômago de Mamãe.

É errado.

Em um discurso retórico e excessivamente indulgente, eu destruí 12 anos de mentiras. Estou exposto. Nu. Fraco.

Meu cérebro acelera. Deve haver um jeito de salvar a situação. Uma forma de reafirmar minha idiotice. Uma forma de recuperar meu disfarce.

E, só porque eu sou um gênio, soluciono a questão da única maneira possível.

Caminho devagar até a frente do palco.

E faço xixi nas calças.

# Capítulo 40
**(*VEJA IMAGEM 18*)**

IMAGEM 18

# Capítulo 41

## VÁ EMBORA

# Capítulo 42

## SÉRIO, VÁ EMBORA

# Capítulo 43
## TÁ BOM

Estou a caminho de casa. Estou a caminho de casa e ninguém pode me impedir.

Estou com um short verde que roubei da aula de ginástica. Eles são pequenos demais e posso sentir o elástico deixando uma marca feia e vermelha ao redor da minha cintura.

— Queime — digo. — Queime até o chão.

Pensando agora, fazer xixi nas calças em frente da escola inteira não foi uma boa ideia. Sim, foi a única coisa que eu poderia ter feito, mas algo, até mesmo um império, vale esse tipo de humilhação?

Minha mãe naquela confusão estúpida.

A vergonha na expressão do meu pai.

Tatiana rindo. Rindo mais alto do que já ouvi alguém rindo, até as lágrimas escorreram por seu belo rosto. Lágrimas de alegria. A líder da minha campanha, minha imperatriz dourada e cor-de-rosa, rindo, rindo e rindo de mim.

Em algum momento nessa confusão toda, eu me esqueci que ela é a Garota Mais Cruel da Escola.

— Bombardeiem — digo. — Destruam. Reduzam a um monte de cinzas. — Estou dando ordens para minha esquadrilha de jatos. Estou ordenando que voem até minha escola. Vou apagar minha vergonha. Vou eliminá-la da face da Terra. — Destrua. Não quero pedra sobre pedra.

Minha base aérea ficava em Grand Island, mas são apenas 45 minutos na velocidade em que os jatos estão.

— Não deixem uma única pedra de pé.

Ninguém tentou me impedir quando saí correndo do auditório. Ninguém quis encostar em mim. Deixei meu jeans favorito no chão em frente ao armário e vesti estes shorts verdes suados. Corri para os fundos e passei pelo Sr. Moorhead no estacionamento. Ele nem ao menos notou. Estava sentado no carro dele, abrindo um pacote de cigarros e examinando um a um à procura de uma mensagem que não estava lá. Que nunca estaria lá.

— Destruam as paredes, em seguida joguem sal no terreno. Assim nada crescerá lá novamente.

Ouço o zunido distante de uma esquadrilha de jatos rugindo atrás de mim.

— Mirem. Destruam. Queimem.

— Ei, campeão. — Sinto a mão de alguém no meu ombro. Olho para cima e vejo que é a mão do meu pai, que está com o rosto avermelhado e sem fôlego. — Imaginei que iria encontrá-lo andando assim. — Ele me olha e diz: — Oh, ei. Você está... Vem cá, me deixe limpar um pouco o seu rosto. — Ele puxa um lenço de papel do bolso e seca meus olhos e minhas bochechas.

— Quebrem. Bombardeiem. Esmaguem.

Papai me ignora.

— Aquele foi... Foi um discurso e tanto, Oliver.

Eu não digo nada. Continuo andando.

— Foi algo que você viu na televisão? Fazia parte de algum filme que você viu?

Mais uma vez, não digo nada. O zunido dos jatos está mais alto. Eles estão próximos. Quase consigo sentir a lufada de vento que sai de seus motores às minhas costas.

— Você... Você não venceu a eleição, Ollie. — Meu pai é rei quando o assunto é consolar. Eles ainda nem votaram e eu não ganhei a eleição. Eu havia eliminado até mesmo a possibilidade de fraudar a contagem de votos. — Você precisa se acostumar com a ideia.

Estou acostumado.

— Esmaguem. Desmantelem. Destruam.

— Mas você também precisa saber de outra coisa. Pare de andar, Oliver, e olhe para mim.

Eu paro. Ele não está fingindo um sorriso nem nada idiota assim.

— A forma como se comportou durante toda a eleição. Indo o mais longe que pôde... Muitos garotos não teriam coragem de fazer o que você fez.

O som dos jatos lembra um enxame de gafanhotos se aproximando.

— Eu... Acho que estive muito envolvido com o trabalho para prestar atenção, mas... você se saiu bem, filho. Você se saiu bem. — E ele se obriga a me segurar e me faz abraçá-lo. Meu pai se ajoelha e aperta minha cabeça contra seu ombro ossudo.

Ia sair caro.

Eu teria que providenciar uma série de imprevistos elétricos para apagar todos os vídeos da assembleia. Eu teria que subornar aqueles agentes do FBI para que deixassem o Sr. Pinckney em paz. Eles já devem estar desconfiados. Eu teria que forjar um programa de TV inteirinho, fazer com que parecesse ter mais de dez anos no ar, e inserir ali um discurso que fosse pelo menos parecido com o meu; assim as pessoas acreditariam que eu simplesmente roubei a ideia. Eu teria que mexer na programação dos canais para que parecesse que o programa falso tinha sido exibido na véspera da eleição.

Os jatos já estavam gritando de tão próximos. A apenas alguns quilômetros agora.

Papai me dá um tapinha nas costas.

— Quer saber — diz ele. — Garanto que um dia vamos olhar para trás e rir de tudo isso.

— *Forsan et haec olim meminisse juvabit*[118]— murmuro.

— O que foi? — pergunta meu pai com o cenho franzido. Vivo me esquecendo de que ele aprendeu latim na escola.

118. "Um dia vamos olhar para trás e rir de tudo isso": foi o que Enéias disse para seus homens, depois de a cidade deles ter sido destruída pelo astuto Ulisses, suas famílias assassinadas e os navios destruídos.

— Nada — respondo.

— Vamos lá. Sua mãe está em casa preparando biscoitos de canela. — Ele me abraça novamente. — Não vejo por que não comemorar. É preciso muita coragem para concorrer a um cargo, para ficar cara a cara com as pessoas assim. E você... Bem, vou te dizer uma coisa... Estou orgulhoso de você. — Ele me abraça com força. — Estou muito orgulhoso de você, filho.

Eu me afasto para olhá-lo nos olhos. Ele está falando sério.

— Cancele a ordem — murmuro. — Não atirem. Repito: Não atirem. Talvez numa outra ocasião.

— Não ouvi o que você disse — diz meu pai.

— Nada importante.

Ele coloca o braço sobre o meu ombro e anda comigo até chegar em casa. Lollipop vem saltitando pela rua para nos dar as boas-vindas. Lá no alto, um bando de jatos escuros silva e passa por nós a caminho do horizonte, até se perderem no azul.

Este livro foi composto nas tipologias Melior,
em corpo 10,5/16,25, e Cooper Std Black, em corpo 16/19,2,
e impresso em papel off white 80g/m² na gráfica Markgraph.